泣くロミオと怒るジュリエット

鄭《チョン》義《ウィ》信《シン》

リトルモア

泣くロミオと怒るジュリエット

鄭《チョン》義《ウィ》信《シン》

リトルモア

目次

主な登場人物

ロミオ　モンタギュー愚連隊の元リーダー
マキューシオ　ロミオの幼馴染。モンタギュー愚連隊
ベンヴォーリオ　ロミオの幼馴染。モンタギュー愚連隊
ティボルト　キャピレット愚連隊のリーダー
ジュリエット　ティボルトの妹
ソフィア　ティボルトの内縁の妻
ローレンス　白頭山東洋治療所店主。ロミオの父がわり
ロベルト　キャピレット組若頭
カラス　警部補。ティボルトの叔父
スズメ　巡査
モンタギュー愚連隊
キャピレット愚連隊

一幕

1

とある戦争から×年後の、とある街。

晩秋、深夜。

工場街はずれにある、通称「カモメ埠頭」。
埠頭につながる細い路地に、ピンクや紫のけばけばしいネオン看板。
その薄暗がりの下に、娼婦たち。
深夜にもかかわらず、遠くに見える工場の煙突からは、黒い煙が吐き出されている。

波音とカモメの声が、休むことなく響き渡る工場の機械音にかき消される。

片手にトランク、もう片手には風呂敷包み、大きなリュックを背負ったジュリエットが、路地奥から、きょろきょろしながら、やって来る。

いかにも田舎娘風情のジュリエット。

ジュリエット、立ち止まって、客席をながめる。

ジュリエット　あたし、ジュリエットです……（　逆ギレして　）どっからどう見ても、ジュリエットやない。文句ある？　……（　気を取り直して　）あたし、ジュリエットです。最終電車で、さっき、この路地の突き当たりにある駅に着いたばっかりなんです。兄のティボルトが迎えに来てくれるはずやのに……待てど暮らせど、来《こ》ん。もう、ほんま、あてにならん……兄さんの手紙には、この街に、ヴェローナに来たら、田舎におるより、もっと楽でけて、もっと贅沢でけて、もっと自由にでけるって、花の都やって……けど、駅に降りた途端、なんて言《ゆ》うたらえぇの？　……錆びた臭い？　腐った臭い？　……うもう言われんけど、ものすごう嫌な、ものすごう気持ち、逆撫でするみたいな臭いがして……駅のホームからは、ずぅっと海まで、鉛色の屋根が連なっとるのが見えて……遠くの海も、海の上に広がっとる空も、鉛色で……この街全部が、鉛色で……息吸いこんだら、あたし、なんや鉛の煤《すす》、吸いこんだみたいで……あたし、この街に来たこと、ちょっぴり後悔したんです。

ソフィアが来る。

ソフィア　ジュリエット！　ジュリエット！

と、駆け寄ってくる。

ジュリエット　ソフィア！

ソフィアとジュリエット、抱き合う。

ジュリエット　久しぶり。会いたかったぁ。

ソフィア　ほんま、久しぶり、ほんま、大きなったわねぇ。こないだ見た時、まだ乳首の先ほどしかなかったのに。

ジュリエット　そんな小さい時、ない、ない。

ソフィア　あんたが乳離れした時のこと、よう憶えてるわぁ。あたしは乳首に……。

ジュリエット　また乳首？

ソフィア　乳首にニガヨモギ塗って、鳩小屋の軒下で日向ぼっこしてたんよ。

ジュリエット　なんで？　なんで、乳首にニガヨモギ？　なんで、なんで鳩小屋の軒下で日向ぼっこ？

ソフィア　あんたのお母ちゃんと、お父ちゃんは、マンチュアにお出かけ。

ジュリエット　あたしの話、聞いとる？

ソフィア　そんで、あたしがあんたの子守り。あんた、乳首のニガヨモギなめて、そら、苦かったんやろね。

ものごっつい顔で、あたしのおっぱい、サンドバッグみたいに叩いて……そうそう、そんで、ちょうどその時、地震が来て、鳩小屋がガタガタって揺れて、そらもう、びっくりしたわぁ……あれから、十年……十一年やわ、十一年、間違いない。あんた、そこらじゅう、ヨチヨチ走り回って、地震の前の日に、おでこに、ほら、ひよこの金玉ぐらいのタンコブでけて……。

ジュリエット　ひよこって、金玉あるの？

ソフィア　あんた、大泣きして……。

ジュリエット　ほんま、人の話、聞いてないでしょ。

ソフィア　そん時、前の旦那が……あのボケナス、あんた、抱き上げて、どない言うたと思う？「ほぅ、うつ伏せに転んだんか？　あんな、えぇこと教えたる、お嬢ちゃん。年頃になったら、仰向けに転ぶんやで」……（　大笑いして　）……そんで、あんたはぴたって泣きやんで、「あい」……「あい」って、答えたんよ……（　と、また大笑いする　）。

ジュリエット　あのね、ソフィア。

ソフィア　なに？

ジュリエット　なんか誤解してない？

ソフィア　なにが？

ジュリエット　あたし、この街に遊びに来たんやないし、男見つけに来たんでもないんよ……わかっとる？　新しい人生始めるために、もういっぺん人生やり直すために来たの。

ソフィア　あらぁ、そんな大看板、風に倒れんかったらえぇけど。

ジュリエット　茶化さんといて！

ソフィア　そない、むきにならんでも……。

ジュリエット　あたし、真剣に言うてんの。
ソフィア　さんざん男に貢いで、泣かされてたの、誰やった？　すぐに惚れて、メロメロになんのは？
ジュリエット　そやから……これからは、この街に来たからには、男に振り回されるような真似、もうせん、二度とせん、誓うわ。誰の力も借りんと、あたしの人生、あたしの力で切り拓いてみせる。
ソフィア　どやろ……。
ジュリエット　なにが。
ソフィア　この街は、あんたが思うより、よっぽど風当たり強いし……。
ジュリエット　兄さんは？　迎えに来んの？
ソフィア　知らんわ、あの阿呆、ボケ、カス、ごまのはえ。あんたが田舎から出てくるっちゅうのに、急用でけたっちゅうて……どうせまた……あぁ、もう嫌んなる……あたし、ほんま、男運悪い。前の旦那とは死に別れ。あんたの兄ちゃんは、戦争から帰ったら、まるで別人。前は、ほんまやさしい、ほんま真面目で、ほんまよう働く人やったのに……そやろ？　……それが、今は働きもせんと、朝から晩まで、ぷらっぷらっして、あたしに当たり散らして、ヤクザ気取りで、誰彼のう喧嘩ふっかけて……あぁ、ほんまどないしたらえぇんやろ……どないしたら、元のあの人に戻ってくれるんやろ……。
ジュリエット　ソフィア。
ソフィア　なに？
ジュリエット　立ち話もなんやから、そろそろ……。
ソフィア　そやった、そやった、ごめん、ごめん、つい愚痴ってしもて……こっち、こっち。あたしに、ついて来てちょうだい。

ソフィア、先に行こうとする。

ジュリエット 荷物……。

ソフィア ごめん、ごめん。

ソフィア、ジュリエットに荷物を全部かつがせて、

ソフィア ほな、行こう。

ジュリエット ……。

ソフィアとジュリエット、行く。

闇を切り裂く声がする。
モンタギュー愚連隊とキャピレット愚連隊の深夜の抗争。
オートバイの排気音と怒声、悲鳴、うめき声……等々が、深夜の街に満ちていく。
ベンヴォーリオとマキューシオが息せき切って、走ってくる。
立ちどまり、あたりを鋭くうかがう。

ベンヴォーリオ　……。
マキューシオ　……。

ティボルトとキャピレット愚連隊が、路地の両側から顔を出す。

ティボルト、片足を失って、松葉杖をついている。

ベンヴォーリオとマキューシオ、じりじりとキャピレット愚連隊に囲まれていく。

マキューシオがやけくそになって、大声をあげて、ティボルトに飛びかかる。

ティボルト、軽くかわして、マキューシオの背中を松葉杖で突く。

無様に倒れるマキューシオ。

大笑いするティボルトたち。

マキューシオ、かっとなって、ナイフを取り出す。

ティボルトに向かっていこうとするマキューシオを、ベンヴォーリオが必死で止めに入る。

ベンヴォーリオ　やめ、マキューシオ！
マキューシオ　放せ、ベンヴォーリオ！
ベンヴォーリオ　落ち着け、挑発にのんな！
ティボルト　かかってこんかい、腰抜け！
マキューシオ　なんやと、こらぁ！　調子にのんなよ、んだらぁ！
ティボルト　弱い犬ほど、吠えたがる。刺せるもんやったら、刺してみんかい。ほら、ここや、ここ！　グサッといってみんかい、グサッと！

と、心臓を指さして、挑発する。
マキューシオ、ベンヴォーリオを突き飛ばして、ティボルトをにらみつける。
ティボルト、薄笑いを浮かべている。
緊張した空気が流れる。

マキューシオ　……。
ティボルト　……。

マキューシオがティボルトに向かっていこうとした、まさにその瞬間、自転車に乗った警部補のカラスと巡査のスズメが、割って入る。

カラス　（にこやかに）おいおい、なんや、なんや、なに物騒なもん、振り回しとる？　あかん、あかんぞぉ、穏便にいこやないか。ほら、さっさとナイフ、しまわんかい。危ない、危ない、危険が危ない……ティボルト、おまえも、たいがいにせぇよ。毎度毎度、わしの手煩わせな。なんぼ、おまえが甥っ子でも、あれが、あれやから、あれやぞ。身体も、ほれ、あれが、あれやから、あれで、あれやろ。
スズメ　あのですね。
カラス　なんや。

スズメ　話の腰を折って、すみません。
カラス　さっさと話せ。今、あれがあれしとる最中や。
スズメ　わたし、こちらに赴任して間もないのですが、警部補がおっしゃる「あれ」とは、わたしはよく知らない「あれ」だけど、みんなはよく知っている「あれ」で、つまり、あれがあれして、あれだから、あれあれと思わないんでしょうか。
カラス　なにが言いたい?
スズメ　早い話が、あればっかりで、わかりません。

全員、吉本新喜劇ばりに、大いにずっこける。

ティボルト　こいつら、知り合いの質屋、かすめ（窃盗）よったんですわ、叔父さん。
マキューシオ　決めつけんな、ダボ!
カラス　被害届は出とらんぞ。
ティボルト　なんやわけありのブツらしうて……質屋のおっさんが、おれに泣きついてきよったんですわ。三国人の愚連隊にやられましたって。
ベンヴォーリオ　根も葉もない。
マキューシオ　阿呆らしうて、笑《わろ》てまう。
ティボルト　ほかに誰がおる?
ベンヴォーリオ　おれらがやったっちゅう証拠は?
ティボルト　おっさんの証言や。

ベンヴォーリオ　おれらの顔、はっきり見たんですか？
ティボルト　（答えに窮して）……。
ベンヴォーリオ　あてずっぽですか。こら、とんだ濡れ衣や。
ティボルト　見んでも、わかる！
マキューシオ　チンピラヤクザの推理なんて、たかがしれとる。片手落ちやのうて……片足落ちじゃ。
ティボルト　（すごんで）ふざけたことぬかしとったら、承知せんぞ、こらぁ！
カラス　まぁまぁ、穏便にいこうや、穏便に。わしの管轄下で揉め事は堪忍してくれ。おまえらが揉めるたんび、わしが上からにらまれる。お蔭で、わしは万年、田舎町の警部補や。頼むで、ほんま。まぁ、被害届も出とらんようやし、今回はあれがあれやから、あれにしよ。
スズメ　あれですか。
カラス　あれや。
スズメ　あれですね。
カラス　わかっとるのか？
スズメ　わかってません。

全員、また大いにずっこける。

カラス　いつもとおんなじあれや。事件なし。報告事項なし。問題なし。窃盗は質屋のおっさんの勘違い。なんも盗られとらん。しかるに、ここで、揉める要因もなし。
スズメ　（大いに頷いて）……。

カラス　どっちも、それでえぇな？

マキューシオ、反抗的な目をカラスに向ける。

カラス　なにしとる？　早よう、それ、しまわんかい。

マキューシオ　（ぼそりと、韓国語で）ケェセッキ（犬野郎）。

カラス、いきなりマキューシオの腹を膝蹴りする。
その場にうずくまる、マキューシオ。
二発、三発、四発、続けざまに蹴るカラス。

ベンヴォーリオ　やめ！

マキューシオ　（うめき声をあげて）……。

カラス　おい、よう聞け、キャピレットにモンタギュー、おのれらのしょむないいざこざで、この街の治安は乱れに、乱れとるわ。ヴェローナの爺さん連中も、杖の代わりに鎌握りしめとる。誰も彼も殺気だっとる。これ以上、この街で暴れるつもりやったら、片っぱしから豚箱に叩きこんだる……わかったか。わかったんやったら、今日のところは、解散じゃ、解散！　さっさといにさらせ！

カラス、ティボルトたちを追い払う。

ティボルト、そっとカラスに金を渡す。

カラス　（頷いて）……。

ティボルトたち、去っていく。

カラス　（愛想よく）おまえらも、頼むでぇ。にこやかぁに、平和にいこや、平和に。

ベンヴォーリオ　……。

マキューシオ　……。

カラスとスズメ、去る。

ベンヴォーリオ　大丈夫か？

マキューシオ　肋骨、いかれたかも……ずきずきする。

ベンヴォーリオ　立てるか？

マキューシオ　手貸してくれ。

ベンヴォーリオ、マキューシオを助け起こす。

マキューシオ　戦争が終わったちゅうに、いつまでも三国人扱いしやがって、畜生！

マキューシオ、顔をしかめて、座りこむ。

ベンヴォーリオ　痛むか？
マキューシオ　これぐらい……どうってことあるかい。
ベンヴォーリオ　誰彼のう、牙むくな、阿呆。
マキューシオ　この街で、大人しうしとったら、けつの毛までむしられるわ、ボケ。
ベンヴォーリオ　おまえのけつ、拭いとんのは、いっつも、おれや、おれ。
マキューシオ　ありがたいのぉ、便所紙。

と、手を合わせる。

ベンヴォーリオ　拝むな、ど阿呆。

ベンヴォーリオ、手を差し出して、

ベンヴォーリオ　行こや、ほら。
マキューシオ　ちょっとタンマ。歩くの……ちょい無理や。
ベンヴォーリオ　白ひげのおっさんとこ、行くか？
マキューシオ　金は？　どないすんじゃ？　ぶったくられっぞ。あのおっさん、金持ちも貧乏人もおかまいなしじゃ。

ベンヴォーリオ　ロミオに借りる。

マキューシオ　……。

ベンヴォーリオ　なんや。文句あんのか。

マキューシオ　ずいぶんかさんどるぞ、借金……。

ベンヴォーリオ　わかっとる。わかっとるけど、しゃあない。ほかに頼れるとこ、あんのか？　誰が、金貸してくれる？　おまえもおれも、親も兄弟もおらん。身寄りのない三国人に、誰が同情する？　どいつもこいつも、野良犬追い払うみたいに、石投げよるわ。

マキューシオ　……。

ベンヴォーリオ　ロミオしかおらん。ロミオだけや。おれらとおんなじ身の上で、おれらのこと、わかってくれて、おれらのこと、心配してくれて……なんも言わんと、こころよう貸してくれる。出し惜しんだりせん……そやろが？

マキューシオ　畜生、ずきずきすんなぁ、畜生……。

ベンヴォーリオ　ほんまに大丈夫か？　肺に刺さったりしてないやろな？

マキューシオ　心が、ずきずきすんや、畜生……。

ベンヴォーリオ　……。

マキューシオ　この街の奴らはどいつもこいつもクソッタレじゃ。けど、おれは？　おれはどないや？　おれも同類じゃ。クソまみれじゃ、畜生！　この街は肥ダメじゃ。そんで、おれは肥ダメの中で、もがいとるハエじゃ、畜生、畜生！　やりきれん！　しんぼ、たまらん！

ベンヴォーリオ　もう黙っとれ。傷にさわる。

マキューシオ　……。
ベンヴォーリオ　行こう。

ベンヴォーリオ、マキューシオの肩をかつぐ。
ベンヴォーリオとマキューシオ、行く。

2

高架下にある「白頭山《ペクトウサン》東洋治療所」（通称白ひげ）前。
「漢方・鍼灸・その他萬《よろず》治療いたし〼《ます》」という怪しげな看板がかかっている。
時折、電車が通過する音がする。

夕。

カストリ屋台を引きずって、ロミオがやって来る。
ロミオ、屋台をとめて、てきぱきと開店準備を始める。
くたびれた白衣を着た、白髪で白ひげを生やしたローレンスが、店から出てくる。

ロミオ　（頭を下げて）
ローレンス　（酒を飲む仕草をして）あるか？
ロミオ　（頷いて）……。

ローレンス　一杯、もらおか。

ロミオ、あたりを注意深くうかがって、一升瓶からカストリ焼酎をコップにそそぐ。
ぐいっとあおるローレンス。

ローレンス　（たまらず、声をあげて）五臓六腑が喜んどる、喜んどる……ハッ、焼いてくれ、ロミオ……ちょっとサービス……。

と、自分でカストリ焼酎をコップにそそぐ。
ロミオ、七輪の炭を熾しながら、

ロミオ　マ、マ、マキューシオは？

ロミオ、吃音である。

ローレンス　骨は折れとらん。ちょっとヒビが入っただけや。心配すな。大げさにしよって……ションベンかけたら、治る。

ロミオ　（笑って）……。

ローレンス　あんなろくでもない連中と、いつまでつるんどるつもりや、ロミオ。

ロミオ　……。

ローレンス　治療費も、なんもかんも、おんぶにだっこ。おまえは、あいつらの財布やないぞ。

ロミオ　と、と、友だちやから……。

ローレンス　ロミオ、わしはおまえの親代わりみたいなもんや。そやから、忠告しといたる。マキューシオは喧嘩っぱようて、すぅぐ頭に血がのぼりよる。危なかっしゅうてしゃあない。ベンヴォーリオは頭はえぇが、腹にいちもつある。なに考えとるのかわからん。二人とも、おまえが友情結ぶに値せん。あんな連中と付きおうとったら、おまえの命の期限、自分で切るようなもんや。さっさと手切れ。悪いことは言わん。

マキューシオとベンヴォーリオが出てくる。
マキューシオ、胸に包帯を巻いている。

マキューシオ　おいおい、まぁたおれらの悪口並べとったんやろ、おっさん。

ローレンス　夕焼け、見とるだけじゃ。ほら、見てみぃ、えぇ夕焼けじゃ。

マキューシオ　業突く張りのおっさんでも、夕焼け見て、ほろっとくんのか。

ローレンス　五年前、わしはちょうどここに立っとった。立って、夕焼け見とった。一面焼け野原でな、胸ん中、ぽっかり穴があいたみたいやった。けど、やっぱり夕焼けはきれいでなぁ……涙出そうになった……あれから、五年、ここらもずいぶん変わった。

マキューシオ　つまらん思い出話やの。

ベンヴォーリオ　戦争はまだ終わっとらん。海の向こうは、火がぼうぼうや……。

ローレンス　ごたくはえぇから、まずは、ロミオに礼言うたらどや。

マキューシオ、ロミオの手を握って、大仰に、

マキューシオ　おおきに、おおきにな、ロミオ。
ベンヴォーリオ　すまんな、迷惑ばっかりかけて。
ロミオ　や、やめてくれ。た、大したこっちゃない。

マキューシオ、ロミオに抱きついて、

マキューシオ　おまえの友情に、感謝、感激、雨、あられや。
ロミオ　こ、困ったことあったら、い、いつかて、頼ってきてくれ。
ローレンス　（皮肉）素晴らしい友情に、乾杯や！
マキューシオ　（すごんで）なんやとぉ。
ロミオ　（とりなして）も、もう、だ、大丈夫なんか？

マキューシオ、腕を回してみせて、

マキューシオ　これぐらいどうってことあるかい。
ローレンス　さっきまで、泣きわめいとったぞ。
マキューシオ　うっさい！

マキューシオ、顔をしかめる。

ベンヴォーリオ　無理すんな、阿呆。

マキューシオ　もう全快や、全快、ぜんぜん平気、ぜんぜん大丈夫じゃ。おれの全快祝いに、ぱぁっとやろや、ぱぁっと。

ベンヴォーリオ　久しぶりに、踊りに行くんは？

マキューシオ　えぇのぉ、えぇのぉ。

ローレンス　ロミオの金でか？

マキューシオ　うっさい、うっさい！

ローレンス　ダニがっ。

ロミオ　み、店がある。

マキューシオ　休業や、休業。本日、休業。

ベンヴォーリオ　三人で、ダンスホールに繰り出そ。な、そないしよ、ロミオ。

ローレンス　営業妨害やぞ。

マキューシオ　あんな、おっさん、おれらは幼馴染で大親友、象のチンポより固《かと》うて、ぶっとい契りで結ばれとるんじゃ。がたがたぬかすな。

ローレンス　（ロミオに）ハツ、どないなってんねん。

マキューシオ　行こや、ロミオ。

ベンヴォーリオ　行こう、ロミオ。

ローレンス　ロミオ、ハツ。
ロミオ　（頭を下げて）す、すんません、き、今日はこれで、へ、閉店にします。
マキューシオとベンヴォーリオ、勝どきの声をあげる。
ローレンス、行こうとする。
マキューシオ　おい、勘定は？
ローレンス　治療費から、さっぴいとく。
マキューシオ　（けっ、という顔をして）……。
ローレンス、中に入っていく。
マキューシオ　今夜は一晩中、踊り明かすぞぉ！
マキューシオとベンヴォーリオ、マンボのステップを踏んでみせる。
ロミオ、黙々と屋台を片づけはじめる。
ベンヴォーリオ　なに浮かん顔しとる？
ロミオ　……。
ベンヴォーリオ　三人で繰り出すの、ほんま久しぶりやないか。思いっきり楽しもやないか。

マキューシオ　おれら三人踊ったら、女がキャーキャー寄ってきよるぞぉ。女避け棒持っていかんとな……寄ってくる女を、こないして、かき分け、かき分け……。
ロミオ　お、おれは、お、踊らん。
マキューシオ　おいおい、ロミオ、なに言うとんじゃ。
ベンヴォーリオ　ダンスホール行って、踊らんって……なに阿呆なこと……。
ロミオ　お、おまえらだけ、た、楽しんだらえぇ。
マキューシオ　女か？　女なら、なんぼでも、おれが紹介したる。
ロミオ　ち、ちがう。
マキューシオ　おまえをどもりやって馬鹿にする奴らは、ぶっとばしたる。ぎたぎたにいわしたる。
ロミオ　ち、ち、ちがう。
ベンヴォーリオ　ほなら、なんでや？
ロミオ　む、昔みたいに楽しめん。
ベンヴォーリオ　おまえ抜きに、おれらが楽しめるわけないやろ。三人一緒でないと。
マキューシオ　そや、そや、おれら、サンマ一体じゃ。
ベンヴォーリオ　三位一体や。
ロミオ　ダ、ダンスホールで、踊っとる時は、ほんま楽しい。ほんま夢の中におるみたいや。け、けど、けどな、ダ、ダンスホール一歩出たら、そこにあんのは、は、灰色の街で……こ、工場の煙で薄汚れてて、路地は、カ、カーバイド滓《かす》とア、アセチレンガスと、く、汲み取りと、よ、酔っぱらいの反吐《へど》と、く、腐ったゴミの臭いがしよる……い、いっぺんに夢から覚めて、い、いっぺんに、げ、現実に引き戻される……ものすごう、空しなる。ものすごう心がすーすーする……お、おれらの手の中に、な、なにがある？　……な、なんもない……ゆ、夢も、き、希望も……う、海の向こうで、せ、戦争が始まった……か、帰る場所もない……。

ベンヴォーリオ　……。

マキューシオ　……。

ロミオ　なぁ、べ、ベンヴォーリオ。

ベンヴォーリオ　なんや？

ロミオ　お、おまえは、頭がえぇから、なんでも知っとるやろ？

マキューシオ　（笑って）役に立たんことばっかり、詰まっとる。

ベンヴォーリオ　うっさい。

ロミオ　お、おれらに、あ、明日はあるんか？

ベンヴォーリオ　……。

ロミオ　ま、毎日、毎日、今日、生きてくことで、せ、精一杯や。あ、明日なんか考えられん。お、おれらの明日はどんなんや？　ど、どんな形や？　ど、どんな色しとる？

マキューシオ　やめ、ロミオ。おまえはなんでも深刻に考えすぎや。

ロミオ　……。

マキューシオ　明日がどうとか、ごちゃごちゃ言うな、考えんな。今日が良かったら、それでえぇやないか。ダンスホールで夢中になって、朝まで踊って、そんで、可愛い女の子捕まえて、夜まで楽しんで、そんで、そんでや、その娘《こ》とまたダンスホール繰り出して、また朝まで踊るんや。

マキューシオ、歌いはじめる。

途中から、ベンヴォーリオとロミオも加わって、肩を組んで、踊り、歌う。

♪
ここは　ヴェローナ
（ヴェローナ！）
金とおめこ
酒と涙
嘘と暴力
花咲く都
（ヴェローナ！）

そやから友よ
人生は　ひと夜の夢
そやから友よ
覚めないうちに
踊れ　踊れ
朝が来るまで
踊れ　踊れ
夜が来るまで
踊れ　踊れ　踊れ　踊れ！

ここはヴェローナ
（ヴェローナ！）
愛と真実
夢と希望
祈りと願い
消えゆく都
（ヴェローナ！）

そやから友よ
人生は　走り過ぎる
そやから友よ
息が切れるまで
踊れ　踊れ
その身を燃やせ
踊れ　踊れ
その身を焦がせ
踊れ　踊れ　踊れ　踊れ！
踊れ　踊れ　踊れ　踊れ！

ベンヴォーリオ　行こう、ロミオ！
マキューシオ　行こうや、ロミオ！
ロミオ　（頷いて）……。

ベンヴォーリオ、マキューシオ、ロミオ、行く。

3

ティボルトの家・前。
バラック長屋の屋根を夕陽が赤く染めている。
杖をついたティボルトがふらつきながら、家から出てくる。片手には、酒瓶。
ソフィアが追いかける。
遅れて、ジュリエット。

ソフィア ちょっと待って、ティボルト、ティボルト……（大声を張りあげ）ティボルト！　あたしの話、聞いて、お願いやから。
ティボルト （酒をあおって）……。
ソフィア 堅気の仕事についてちょうだいって、頼んでるの、お願いしてるの。それのどこがあかんの？　どこが悪いの？
ティボルト （またあおって）……。

ソフィア　あたしが勤めとるヘップ屋とか……片足でも、ミシン踏めるわよ。
ティボルト　……。
ソフィア　旋盤……？　板金……？　屑鉄拾い……？
ティボルト　（にらんで）……。
ソフィア　傷痍軍人！　傷痍軍人がえぇんとちゃう！　あれ、けっこう儲かるらしいわぁ。お大尽が、ぽんとお札恵んでくれたりすることもあるって。
ティボルト　おれに、このおれに、物乞いせぇってか？　見世もんなれっちゅうんか、おんどれは？
ソフィア　ほなら、なに？　なんで食うてくの？　美人局？　債権のパクリ？　取り込み詐欺？　ヒロポンの密売？　いつか、ぱくられるわ。
ティボルト　どれも手染めとらん。おれはキャピレットの若頭に腕っぷし、買われとる。頼りにされとるんじゃ。金なら、なんぼでもくれよるわ。
ソフィア　ヤクザにえぇように使われて。あんた、利用されてんのよ、わからんの、阿呆！
ティボルト　（足を叩いて）これやのうて……（腕を叩いて）これが、ものいう世界や。片足やろうが、なんの引け目もあるか……街歩いてみぃ、おれに、へこへこする奴らであふれとる。
ソフィア　それで、スカッとすんの？　憂さ晴らせんの？　誰か殴りとばして、楽しいの？　痛めつけて、うれしいの？
ティボルト　もうだぁっとれ！　その口に、カーバイド詰めっぞ。
ソフィア　戦争で、そんなふうになったんは、あんただけやないわ……そやろ？
ティボルト　……。
ソフィア　生きとるのか、死んどるのか、なんの音沙汰もない人もぎょうさんおる。お骨《こつ》で帰ってきた人も

ティボルト　……けど、あんたは、生きて帰ってこれたんよ。それだけでも、ありがたいって思わんと……。
ソフィア　なにがありがたい？　なにに感謝すんや？　阿呆も休み休み言え、ボケナス。あんな、よう聞け、片足といっしょに、おれは大事なもん……今まで信じてきたもん全部、吹き飛ばしてしもたんじゃ、クソったれ！　神も仏もあるか！
ジュリエット　あぁもう……ジュリエット、あんたの口から言うてやって。
ソフィア　なにを？
ジュリエット　あたしが、どんだけ心配しとるか。
ソフィア　義姉さんは、心配してんのよ、兄さん。
ジュリエット　どんだけ胸痛めてるか。
ソフィア　胸痛めてんのよ、兄さん。
ジュリエット　どんだけ不安で、不安で、眠れんぐらいなんか。
ソフィア　不安で、不安で、眠れんのよ、兄さん。
ジュリエット　いやいや、ちがうがな、ジュリエット……あんた、阿呆？　そやからね、ただおうむ返しに言うんやのうてね、どない言うの？　ひねりを加えるっちゅうか、注釈つけるっちゅうか、あんたなりの応援っちゅうか……。
ソフィア　どうせ聞く耳もたんわよ、ソフィア。
ジュリエット　……。
ティボルト　なんでもかんでも、足のせいにして。なんでもかんでも、戦争のせいにして。
ジュリエット　おまえに、なにがわかる。
兄さんは死にたがっとるの。戦争で死ねんかったから、悔しうてならんのよ。

ティボルト　うっさい！
ジュリエット　図星？
ティボルト　じゃかまし！

ティボルト、拳を振り上げる。

ジュリエット　殴りたかったら、殴ったらえぇわ！
ティボルト　……。
ジュリエット　兄さんは、卑怯もんよ！
ティボルト　……。

ティボルト、行こうとするのを、ソフィアがすがって、

ソフィア　あんた、お願いよ。あたし、あんたと昔みたいに静かな暮らしがしたいだけなん。
ティボルト　……。
ソフィア　あたし、怖いんよ。いつか、あんたが誰かを刺すか、あんたが誰かに刺されるか……お願い、なんでもえぇから、堅気の仕事について。そんで、ヤクザとも手を切って……お願い、後生やから。
ティボルト　……。

ティボルト、ソフィアを振り払う。

ソフィア　ティボルト！　ティボルト！
ティボルト　声がでかい！
ソフィア　生まれつき！

ティボルト、行く。

ソフィア　ティボルト！

ソフィア、その場にしゃがみこんで、顔を覆う。

ジュリエット　踊りにでもいかん？
ソフィア　……。
ジュリエット　明日もヘップ屋で朝から晩まで。そやから、今夜は踊って、ほら、今日のこと、忘れよう。

ソフィア、涙を拭いて、立ちあがって、

ソフィア　そやね。めそめそしたかて、始まらんもんね。行こ、行こ。

ソフィアとジュリエット、ダンスホールに向かう。

4

ダンスホール「白蟻」・中。

マンボが流れる中、踊っている男女の群れ。
その中に、マキューシオとベンヴォーリオ。
壁際で見ているロミオ。

ソフィアとジュリエットが入ってくる。
ソフィア、踊りの群れの中に交じる。
ジュリエット、酒を注文する。

一曲終わって、マキューシオとベンヴォーリオが、ロミオのそばに来る。

ベンヴォーリオ　ほら、踊ろう、ロミオ。

マキューシオ　踊ろうや、ロミオ。
ロミオ　お、おれは踊らん。
マキューシオ　強情なやっちゃな、ほんま。
ベンヴォーリオ　なにがなんでも踊らせたる。
ロミオ　な、鉛の靴のせいで、じ、地面から離れられん。
マキューシオ　おれの靴と交換や。キューピッドの翼でできとる。
ロミオ　お、おれはここで見とる。見とるだけで、じ、十分楽しい。
ベンヴォーリオ　ぐだぐだ言うとらんと、ほらぁ。

と、ロミオの手を無理やり引く。
酒を運んできたジュリエットと、ロミオがぶつかる。
ジュリエットの服に、酒がこぼれる。

ロミオ　（謝ろうとするけれど、言葉がうまく出てこない）……。
ベンヴォーリオ　大丈夫、大丈夫、おれらが代わりに謝っとく。
マキューシオ　すまんな。
ベンヴォーリオ　堪忍したってくれや。悪気はない。
マキューシオ　洗濯代や、とっとけ。

と、金を取り出す。

ジュリエット、ハンカチを取り出し、拭きはじめる。

ジュリエット　えぇの、えぇの、大した服やないから、気にせんといて。

ロミオ　……。

新しい曲が始まる。

マキューシオ　ほら、踊ろう。

ベンヴォーリオ　踊ろうや。

ロミオ　（首を横に振って）……。

マキューシオとベンヴォーリオ、あきらめて、踊りに行く。
ロミオ、ジュリエットに手拭いを差し出す。
ジュリエット、頭を下げて、受け取る。

ジュリエット　……。

ロミオ　……。

ジュリエット　あたしにかまわんと、どうぞ踊ってきてちょうだい。

ロミオ　……。

ジュリエット　ほんま、気にせんといて。

ロミオ　……。
ジュリエット　踊らんの？
ロミオ　（曖昧に笑って）……。
ジュリエット　ほら、あの子が、あんたのほう見てる。あの子と踊ったら？
ロミオ　（首を横に振って）……。
ジュリエット　ほんま、えぇから。
ロミオ　……。
ジュリエット　もしかして、あたしにひと目ぼれ？
ロミオ　……。
ジュリエット　冗談、冗談。あたしが器量良うないの、ようわかっとる。
ロミオ　……。
ジュリエット　えぇの、えぇの、下手なお世辞はやめて。自分がいちばんよう知っとる。器量悪いから、口ばっかりのすかたんに、すぐころっとだまされんの……阿呆やろ、あたし。そんで、そのすかたんに、せっせと貢いだりなんかして……この男が最後かもしれん、この男と別れたら、もう誰も、あたしのこと、振り向いてくれんかもしれん。もう誰からも愛されることないかもしれん……えぇやん、嘘でもえぇやん、あたしのこと「好き」って言うてくれるし、お金渡したら、やさしうしてくれるし……阿呆やろ？　ほんま、阿呆やろ？
ロミオ　……。
ジュリエット　ごめん、見も知らん人に、べらべらしゃべって……あたし、この街に来たばっかりで、友だち、おらんから。愚痴る相手、おらんの。

ロミオ　……。
ジュリエット　あんた、無口やね？
ロミオ　……。
ジュリエット　もしかして……しゃべれんの……？
ロミオ　（ひどく吃音になって）ち、ち、ち、ちがう。は、は、は、話すのが苦手なんや。お、お、おれ、こ、こ、こ、こんなやから……。
ジュリエット　どもりが恥ずかしいん？
ロミオ　……。
ジュリエット　阿呆らし。あんたを笑う人が、阿呆。恥ずかしがるあんたも、阿呆。
ロミオ　……。
ジュリエット　あたしの兄さんもね、阿呆やの。ど阿呆。気弱いくせに、見栄ばっかり張って、チンピラみたいな真似して……自分で自分の首しめて……あたしも阿呆。あんたも阿呆。もうあっちもこっちも阿呆ばっかり。阿呆丸出し、阿呆一直線、阿呆一番搾り。ほんま阿呆、ほんましょむない、ほんま腹立つ。
ロミオ　……。
ジュリエット　けどね、けどね、あたしね、この街で、なんもかんもやり直そう……もう自分で自分の人生、台無しにするような真似、やめよう……そない決めたの。そやかて、ほら、あんまり自分がみじめで、あんまり自分がかわいそやん……ずいぶん薄汚れてしもたけど、ずいぶんくたびれてしもたけど、今なら、まだやり直せる。今なら、まだゴシゴシ洗《あろ》うたら、また真っ白なシーツみたいになれるはず……。

ロミオ　や、やり直せんのか……？
ジュリエット　やり直してみせる。
ロミオ　で、でけんのか？
ジュリエット　でける。
ロミオ　ほ、ほんまに？
ジュリエット　疑り深いなぁ、あんた。でけるっちゅうたら、でけんの。
ロミオ　あ、明日を信じとる？
ジュリエット　なに？
ロミオ　あ、明日はあると思う？
ジュリエット　なんやの、突然？
ロミオ　き、聞きたい。
ジュリエット　……。
ロミオ　き、君が、あ、明日を信じとるかどうか？　あ、明日があると思とるかどうか？
ジュリエット　信じてる。明日は、きっとある。
ロミオ　お、おれにも、おれにも、あ、明日はあるか……？
ジュリエット　あるわよ、きっと。あんたにも、明日はきっと来る。
ロミオ　……。
ジュリエット　死んだお母ちゃんが言うてた。「希望棄てたら、あかんで」って……お母ちゃんね、女手一つで、あたしと兄さん、育てるため、紡績工場で必死で働いて……自分の人生、子どもに捧げたみたいな人やった……苦労して、苦労して、めっちゃ苦労してん。けど、いっつも言うてた……「どこにでも希望はあるんやで。あんたが見つけられんだけ。希望は、あんたの隣におるんやで。いつかて、そばにおるんやで。そやから、希望棄てたら、あかんで」……。

ロミオ　（涙ぐんで）……。

ジュリエット　どないしたの……？

ロミオ　……。

ジュリエット　もしかして、泣いとるの……？

ロミオ　……。

ジュリエット　なんで？　なんで、あんたが泣くの？

ロミオ　こ、この街で、き、希望見つけけんのは、す、砂浜で失くした指輪見つけるより、む、難しい……。

ジュリエット　けど、ほら、あんたも見つけられるわ、きっと。

ジュリエット、ロミオの手を握る。

ロミオ　あ、あんたの手……。

ジュリエット　なに？

ロミオ　が、がさがさしとる。

ジュリエット　朝から晩まで、働きどおしやから……恥ずかし……。

ジュリエット、手を引こうとするが、ロミオがぎゅっと握りしめる。

ロミオ　お、おれの手も、がさがさや。
ジュリエット　……。
ロミオ　（じっとジュリエットを見つめ　）……。
ジュリエット　（も見つめ返して　）……。
ロミオ　お、おれは……。
ジュリエット　なに？
ロミオ　き、希望、み、見つけた。
ジュリエット　（どきどきして　）……。
ロミオ　（ジュリエットをひたと見つめて　）……。
ジュリエット　やめて〜、見つめんといて〜、そういうの、弱い〜。また阿呆になるぅ〜。
ロミオ　踊ろう。

ロミオ、ジュリエットの手を引いて、踊りの輪の中に入っていく。

ロミオ　な、名前は？
ジュリエット　ジュリエット。
ロミオ　お、おれ、ロミオ。

ティボルトが来る。
楽しそうに踊っているロミオとジュリエット。

ティボルト　（二人を見て、顔をゆがめる）……。

ティボルト、ジュリエットをロミオから引き離す。

ジュリエット　なに？　なにすんの、兄さん？

ティボルト、なにも言わずに、ジュリエットをぐいぐい引っ張っていこうとする。

ジュリエット　ちょっと痛い、痛い、兄さん、やめて……なに、どないしたの、突然？　……痛いって！

ロミオ　や、や、や、やめてください。

と、止めに入る。

ティボルト　どけ！

と、ロミオを突く。
ソフィアが駆け寄ってくる。

ソフィア　やめて、ティボルト！

ティボルト　出しゃばんな！

マキューシオとベンヴォーリオが近づいてくる。

マキューシオ　おいおい、なに騒いどるんじゃ。ここはダンスホールや。プロレス会場やないぞ。
ティボルト　これは、おれの妹や。
マキューシオ　そやから、なんやねん？
ティボルト　おのれらと踊ったりせん。
マキューシオ　（素っ頓狂な声をあげる）
ジュリエット　あたしが誰と踊ろうと勝手やろ！　放して！
ティボルト　だぁっとれ！
ジュリエット　……。
ティボルト　このネジゆるんだ奴連れて、さっさといねや。
マキューシオ　（とぼけて）誰を？
ティボルト　（ロミオを指して）こいつじゃ、こいつ！
マキューシオ　おれらは踊りに来たんや。おのれの指図、受けるか。
ティボルト　がたがた言うとらんと、いね！
マキューシオ　おーい、みんな～、このダンスホールに、国連軍がいらしたで～。

笑い声があがる。

ティボルト、椅子を叩き割る。
悲鳴があがる。
ティボルト、壊れた椅子の木っ端をつかむ。
マキューシオ、椅子をつかんで振りあげる。

マキューシオ　来んかい、死にぞこない！
ティボルト　調子こいとんやないぞ、こらぁ！

にらみ合うマキューシオとティボルト。
ジュリエットが間に割って入る。

ジュリエット　やめて！　喧嘩はやめて！　帰るから。それで、兄さんの気がすむんやろ！　それで、ええんやろ！
ティボルト　……。
マキューシオ　……。
ジュリエット　（ソフィアに　）帰ろ。
ソフィア　（頷いて　）……。

ジュリエット、出ていく。

ティボルト　いずれ落とし前つけるからな。覚えとけ。
マキューシオ　弱い犬ほど、キャンキャン吠えよる、吠えよる。

ベンヴォーリオ、マキューシオの腕を引いて、

ベンヴォーリオ　それぐらいにしとけ。
マキューシオ　……。
ティボルト　……。
ベンヴォーリオ　（ティボルトに）待ってますよ。

と、ソフィアを見る。

ソフィア　（心配そうに）……。

ティボルト、出ていく。

ソフィア　（あちこちに頭を下げて）すんませんでした……すんませんでした……。

ソフィア、出ていく。
物見高い連中が、入り口に群がる。

ロミオ、かきわけ、ジュリエットを追いかけていく。

ベンヴォーリオ　おい、ロミオ、どこ行くんや⁉　……ロミオ！

ロミオ、答えずに、去る。

ベンヴォーリオ　……。
マキューシオ　もしかして、もしかして、ロミオの奴……あの不細工に惚れたかぁ？
ベンヴォーリオ　まさか。
マキューシオ　ありえる、ありえる。恋は盲目ちゅうからな。
ベンヴォーリオ　……。
マキューシオ　前から思てたけど、あいつ、女知らんぞ。童貞かもしれん。いや、間違いない、童貞や、童貞。頭ガチガチやさかい、今の今まで、女に見向きもせんかったはずや。そやから、いっぺん好きになったら、不細工やろがなんやろが、それこそ猪突猛進、一直線や。
ベンヴォーリオ　恋は残酷や、凶暴や。茨の棘みたいに、人を刺しよる。
マキューシオ　刺されたら、刺しかえさんかい……（腰を振って）刺して、刺して、刺しまくって……（股間をおさえて）天国や〜。
ベンヴォーリオ　おまえのシモネタはもうえぇ。
マキューシオ　おまえは？　おまえは、誰か相手、おらんのか？
ベンヴォーリオ　……。

マキューシオ　嘘っ、誰もおらんのか？　ほんまにか？
ベンヴォーリオ　……。
マキューシオ　ほんまに、ほんまに？
ベンヴォーリオ　（恥ずかしそうに）……おる。
マキューシオ　誰や？　誰？
ベンヴォーリオ　秘密じゃ。誰がおまえにしゃべるか。
マキューシオ　いつから、付きおうとる？
ベンヴォーリオ　……。
マキューシオ　それぐらいえぇやろ。
ベンヴォーリオ　付きおうとらん。
マキューシオ　……？
ベンヴォーリオ　ただ見とるだけ……そんだけや……。
マキューシオ　くどいてもおらんのか!?　なんじゃ、それ!?
ベンヴォーリオ　かなわぬ恋や。胸に秘めた恋や。ただそばで見とるだけで、おれは、幸《しあわ》せや。
マキューシオ　しょむな～。阿呆くさ～。
ベンヴォーリオ　おれの勝手じゃ、ほっとけ。
マキューシオ　つまらん、つまらん。恋とおめこだけが、おれらが生きとる証やないか。どうせなら、恋も人生も、おれは花火みたいに、どーんと打ち上げたい……（まわりに向かって）おい、今夜はおれのおごりや！

と、札をポケットからつかみ出す。
ベンヴォーリオ、マキューシオを押しとどめて、

ベンヴォーリオ　おい、ロミオの金や、無駄遣いすな。
マキューシオ　金は使うためにある。けちけちすな。
ベンヴォーリオ　ちょっとは明日からのこと、考え。
マキューシオ　明日のことなんか知るか。どうせ案外孤独の身じゃ。
ベンヴォーリオ　天涯孤独や。
マキューシオ　ぱ〜っとやるで〜！

マキューシオ、札をばらまいて、

ベンヴォーリオ　おい、やめ！
マキューシオ　明日なんかどうでもえぇ！　クソくらえ！　おい、踊れ、踊れ〜！　死ぬまで、踊れ〜！

激しい曲がかかり、熱狂的に踊りはじめるマキューシオ。
ベンヴォーリオも踊り、まわりも踊りだす。

5

ティボルトの家・物干し台。

ジュリエットとソフィアが物干し台に上がってくる。
物干しにシーツが干されている。

夜空に月が輝いている。

ジュリエット　兄さんが、あんな差別主義者やなんて……ほんま、ひどい……あんまりやわ……。

ソフィア、ジュリエットに声をひそめるように合図する。

ソフィア　やっと機嫌直したとこなんやから。

ジュリエット　……。

ソフィア　あのね、いろいろあんのよ。
ジュリエット　いろいろって？
ソフィア　ただ三国人やから嫌《きろ》とるわけやないの。ヴェローナは今、キャピレットとモンタギューの真っ二つに分かれてて……新興のキャピレットと、三国人が元締めのモンタギュー。ヤクザとチンピラの縄張り争い……えぇかげん、嫌んなる。毎晩毎晩、小競り合い繰り返して……こないだも発砲事件があったんよ。もう大騒ぎやったわ。街中、ぴりぴりしてんの。これ以上、揉めごとが大きなったら、どないすんやろ。夜もおちおち寝てられんわ。
ジュリエット　兄さんは、キャピレットの側なん……？
ソフィア　（　大きなため息をついて　）そやねん……若頭のロベルトに、えろう心酔しとるの。ろくな男やないの、悪い噂ばっかり……キャバレーのみかじめ、麻薬の密売、売春のカスリ、強請《ゆす》り、たかり、あげくに、恐喝、傷害……そやのに、うちの人は……わけわからん。あの阿呆、ボケ、カス、ごまのはえ。
ジュリエット　愚痴は、また今度……そんで、ロミオは？　ロミオはどないなん？
ソフィア　よう知らんけど、白ひげの前で、カストリ屋台開いてたわな……そしたら、屋台のみかじめ料、モンタギューに払うとるはず。
ジュリエット　……。
ソフィア　惚れたら、あかんわよ。
ジュリエット　まさか……さっき初めて会《お》うたんよ。
ソフィア　あんた、もう目がハート形してる。
ジュリエット　（　顔をそむけて　）……。

ソフィア　ほら、ほら、ほらぁ……。
ジュリエット　やめて。
ソフィア　ほんま、惚れっぽい。ほんま、はらはらするわ。
ジュリエット　……。
ソフィア　ぜったい好きになったら、あかん。結果は目に見えてる。ぜったい、うもういくはずない。
ジュリエット　……。

「ソフィア、ソフィア！」と、ティボルトの声がする。

ソフィア　……。

「ソフィア！」と、また声。

ソフィア　（声を大きくして）今、行く！

「声でかい！」の声。

ソフィア　生まれつき！

ソフィア、財布から金を取り出して、

ソフィア　悪いけど……（指さして）あっこで、あの赤いトタン屋根の家で、どぶろく買《こ》うてきて。飲ませるだけ飲ませて、酔い潰すしかないわ、あの阿呆。

ソフィア、下りていく。

ジュリエット　……。

ジュリエット、自分の手を重ねて、

ジュリエット　あたしの手に、ロミオの手の温もりが……あのガサガサした手触りが、まだ残っとる……あたしって、やっぱり阿呆やぁ、懲りん女やわぁ……あの時、手握られた時、ものすごう胸がどきどきした、ときめいた……新しい恋が始まるんちゃうかなって思たら、もう終わってしもた……線香花火みたいに、はかないあたしの恋……あぁ、ロミオ、あんたは、なんでロミオなん？

ロミオが来て、ジュリエットを見つける。

ジュリエット　モンタギューってなに？　手でも、足でもない、腕でも顔でもない。そやから、別の名前に……名前変えたかて、おんなじこと。意味ないわ。バラは、別の名前でも甘い香りがするやろし。ロミオはロミオ、あたしはあたし……切ないわぁ……悲しいわぁ……苦しいわぁ……不釣り合いやってわかってる。到底手が届かんってわかってる。けど、あたしの恋心は勝手に躍る。抑えきれん。あたしの気持ちと裏腹に、夜道を駆けて、ロミオのもとに走ってく……あかん、あかん、惚れっぽいのが、あたしの悪い癖……あかん、あかん、忘れんと、みんな忘れんと、真夏の夜の夢やったって……。

ロミオ、屋根をつたって、物干しにたどり着く。

ジュリエット　（驚いて）夢……!?　これ、夢!?　真夏の夜の夢……?

ロミオ　ま、真夏の、夜の、げ、現実。

ジュリエット　なんで、ここに?

ロミオ　き、君を追ってきた。

ジュリエット、あたりを見回して、

ジュリエット　見つかったら、大変。袋叩き。殺されてしまう。早よう帰って。

ロミオ　ジ、ジ、ジ、ジュリエット。

ジュリエット　早よう、見つからんうちに。

ロミオ　ジ、ジ、ジ、ジ、ジ、ジュリエット。

ジュリエット　早よう、早よう、お願いやから。

ロミオ　（ひどく吃音になって）ジ、ジ、ジ、ジ、ジ……ジ、ジ、ジ……ジ、ジ、ジ……。

ジュリエット　なんやの？　なにが言いたいの？

ロミオ、ジュリエットの手を引いて、シーツの後ろでキスする。
上気したジュリエットが出てくる。
ロミオも出てくる。
ロミオ、ジュリエットを後ろから抱きしめ、

ロミオ　む、無我夢中で、こ、ここまで来てしもた……き、君にもういっぺん会いとうて……き、君に会えるんやったら、こ、殺されてもかまわん。し、死んでもかまわん……こ、ここに来るまで、き、君を想うて、胸が苦しうて、苦しうて……い、息もでけんぐらい……は、張り裂けんぐらい……き、君のそばにいたい。き、君を抱きしめたい。き、君に口づけしたい。き、君のそばで眠りたい。き、君のそばで目覚ましたい。あ、明日も、明後日も、明々後日も、ずっとずっと、いつまでも……。

ジュリエット　ものすごう、うれしい……涙がちょちょぎれそう……ジュリエット史上初の快挙……。

ジュリエット、ロミオの腕を振り払って、

ジュリエット　けど、ちょっと待って、ちょっと考えさせて。
ロミオ　な、なんで？　なんでや？

ジュリエット　そやかて、あんまり突然で、無分別で、無鉄砲で、まるで稲妻みたい……「あ、光った」ちゅう間もなく消えてしまう稲妻……あたしらは今夜出会うたばっかりなんよ。暗闇で擦ったマッチが光り輝いて見えるのは、夜の間だけ。朝になったら、ただの燃え滓……あんた、あたしのことなんか見向きもせんはず。

ロミオ　お、おれらは出会うべくして、出会うたんや。

ジュリエット　……。

ロミオ　き、君に会って、おれはわかった。き、今日まで、おれは、ずっと、き、君を、き、君があらわれるの、ま、待ってたんや。

ジュリエット　たとえ嘘でも、心がとろけてしまう……。

ロミオ　う、嘘やない。し、真実や……お、おれはいっつも、だ、誰か好きになっても、ただ黙っとるだけ……こ、こんなふうに追いかけたりせん。く、くどいたりせん……ほ、ほんまや……お、おれ、こ、こんなやから、じ、自分に、じ、自信がない。お、怖気づいてまう、す、すぐあきらめてまう。け、けど、け、けど、き、君は言うてくれた。な、なんも恥じることない、お、おれを笑う人が阿呆やって……う、うれしかった……く、暗い海で灯台見つけたみたいに、う、うれしかった……う、うれしうて、う、うれしうて、な、泣きそうになった。

ジュリエット　……。

ロミオ　（泣きながら）お、おれの心は、じ、磁石みたいに、き、君に引きつけられた。き、君が、お、おれの愛する人やって、こ、心が叫んどる。

ロミオ、ジュリエットの手に口づけする。

ジュリエット　……。
ロミオ　お、おれには君が、ひ、必要や。お、おれのそばに一生、いてくれ……お、お願いや。
ジュリエット　……。
ロミオ　き、君とおったら、なんでもでける……あ、明日が信じられる……そんな気がする。
ジュリエット　……。
ロミオ　き、君が、す、好きや。あ、愛しとる。
ジュリエット　……。

「ジュリエット！」と、ソフィアの呼ぶ声。

ジュリエット　今、行きます！　……ただのいたずらやったら、お願い、あたしに近づかんといて。後はあたしが悲しんだらすむだけなんやから。
ロミオ　お、おれは本気や。し、信じてくれ。
ジュリエット　あんたの愛に偽りはないわよね。
ロミオ　（頷いて）……。
ジュリエット　明日、あんたに会いに行きます。昼の光の中で、あたしを見て、がっかりせんかどうか、心変わりせんかどうか……。
ロミオ　こ、心変わりなんかせん、ぜったいせん。あ、あの月に誓う。
ジュリエット　太ったり、痩せたり、体重管理もでけん、だらしない月に誓《ちこ》うたりせんといて。

ロミオ　ほ、ほなら、なんに?
ジュリエット　誓わんでも、あたしの心は、もう決まってる。
ロミオ　……。
ジュリエット　あたし、もう、もう、もう、あんたに夢中！　もう、もう、もう、あんたに首ったけ！

ジュリエット、ロミオの腕の中に飛びこんでいく。
ロミオとジュリエット、抱き合う。

ジュリエット　あんたを一生、愛します。あたしを一生、愛してください。
ロミオ　（　頷いて　）……。

「ジュリエット！」と、また声。

ジュリエット　行かんと……。
ロミオ　あ、明日、し、白ひげの前で、待ってる。ずっと待ってる。
ジュリエット　（　頷いて　）……。

ジュリエット、下りていこうとして、

ジュリエット　ロミオ……。

シーツの後ろに回って、

ジュリエット　もういっぺん……。

ロミオ、シーツの後ろに回って、キスする。

ジュリエットの声　……おやすみなさい、ロミオ。

ロミオの声　……お、おやすみ、ジュリエット。

ジュリエット、下りていく。

ロミオ、シーツの後ろから出てきて、

ロミオ　し、幸せな、幸せな、幸せな夜や。ま、まるで夢見とるみたいや。け、けど、あんまり幸せすぎて、かえってなんや胸騒ぎがする。な、なんか大きなできごとが、ふ、不吉なできごとが待ち受けとるような……こ、今夜を境に、そ、それが怖ろしい姿をあらわすような……か、神様、あ、明日がどうか、どうか、素晴らしいもんになりますように……。

ロミオ、月に祈る。

6

「白頭山東洋治療所」前。

朝。

ローレンスが床几に腰かけ、鼻歌を歌いながら、薬草を擂っている。
自転車に乗ったカラスとスズメが来る。

カラス　えぇ日和や。
ローレンス　……。
カラス　そら、薬草か？
ローレンス　毒草や。けど、効き目はある。この小さな花の匂いを嗅いだら、全身爽快。嘗めれば、全身麻痺。

スズメ、小さな悲鳴をあげる。

カラス、スズメの頭を叩く。

ローレンス　おしなべて薬っちゅうもんは、そんなもんや。どんな毒あるもんも、この世にあらば、なんらかの益をもたらす。逆もまた真なりや。
カラス　悪党の性根は、正すことでけんぞ。悪党は、どこまでいったかて悪党や。
ローレンス　……。
カラス　マキューシオとベンヴォーリオは？
ローレンス　ここには、おらん。
カラス　隠したりしとらんやろな。
ローレンス　隠して、なんの得がある？
カラス　（疑り深い目で見て）……。
ローレンス　奴らがどないした？
カラス　ゆんべもダンスホールで、派手に暴れたそうや。
ローレンス　被害は？

カラス、顎で、スズメに合図する。
スズメ、調書を開いて、

スズメ　椅子一脚。
ローレンス　（鼻で笑って）……。

カラス　被害届も出とらんようやし、今回はあれがあれやから、あれにした。
スズメ　いつもとおなじ、あれですね。事件なし。報告事項なし。問題なし。
カラス　（　頷いて　）わしの管轄下で揉め事は、一切なし。
ローレンス　……。
カラス　マキューシオとベンヴォーリオが立ち寄ったら、通報してくれや。頼むわ。
ローレンス　仕事が忙しいんでな、あんたの要望には応えられん。
カラス　あいつらに、なんべんも警告しとる。ほどほどにしとけってな……けど、聞く耳もたん。わしをなめてけつかる。どうも、きつい灸をすえな、わからんようや。
ローレンス　わしには関係のない話や。
カラス　この街の平和を守るために、協力してくれや。なんも難しいこっちゃない。
ローレンス　戦争は終わった。わしらは三国人やのうて、解放民や。あんたに、命令される覚えはない。
カラス　いつかて、しょっぴけんやぞ。罪状はなんとでもなる。
ローレンス　まだ特高のつもりか？　それとも、業績あげて、本庁に返り咲きたいんか？　高望みじゃ。あんたは所詮、駒、ただの使いっぱしり。毒にも薬にもならん。

カラス、ローレンスの肩を叩いて、

カラス　おまえの毒は、そうそう簡単に消せせんやろ。
ローレンス　……。
カラス　仲間は元気か？　たまには飲んだりせんのか？

ローレンス　帰れ。
カラス　また来る……（スズメに）行くぞ。

カラスとスズメ、去る。

ローレンス　（苦々しい）……。

ロミオがスキップしながら、来る。

ロミオ　お、おはようございます！
ローレンス　朝早ようからの、元気な挨拶、うれしいこっちゃが、こない早ように……まだ陽がのぼったとこや。
ロミオ　……。
ローレンス　なんや悩みがあって、眠れんかったたか？　それとも、ゆんべ、寝床に入らんかったんか？
ロミオ　あ、朝まで眠れんぐらい、し、幸せなことがあり、あり、ありました。い、今も、こ、この胸に、し、幸せが、あふ、あふ、あふれてます。
ローレンス　そら、隅におけんな。聞かせてもらおやないか。
ロミオ　……。
ローレンス　もったいぶらんと……相手は？
ロミオ　ジ、ジ、ジュリエット。

ローレンス　……？
ロミオ　テ、ティボルトの妹です。
ローレンス　（眉をひそめて）厄介な相手に惚れたもんや、よりによって……いつから、付きおうとる？
ロミオ　ゆ、ゆんべ、知り合いました。
ローレンス　ゆんべ……？
ロミオ　ゆ、ゆんべ、初めて。
ローレンス　ひと晩だけの関係っちゅうことか？
ロミオ　え、永遠の愛を誓いました。
ローレンス　（笑って）そら、あんまり気が早いぞ、ロミオ。帰って、ひと眠りせぇ。寝とらんから、頭と下半身が燃えとるんやろ、かっかしとるんやろ。若い時には、ようある話や。
ロミオ　け、結婚したいんです。
ローレンス　本気か？
ロミオ　（頷いて）はい。
ローレンス　ほんまに、ほんまか？
ロミオ　（頷いて）はい。
ローレンス　どないしてもか？
ロミオ　（頷いて）はい。
ローレンス　わかった……別れ。

と、さっさと行こうとする。

ロミオ、ローレンスを止めて、

ロミオ　いやいやいや、ちょっと、ちょっと待ってください。そ、そんなむげな……。

ローレンス　えぇか、ロミオ、それでのうても、この街ではキャピレットとモンタギューは、いがみおうとる。暴力沙汰は日常茶飯事。殺人事件がいつ起きても、おかしない。おまえは、なにを言い訳しようが、モンタギュー側の人間や。ひと夜の恋を大げさに吹聴しとったら、ティボルトが、刀振り回して、乗りこんでくるぞ。

ロミオ　……。

ローレンス　さっさと、そのジュリエットやらはあきらめて、別の女つくれ。おまえやったら、なんぼでも女はでけよる。

ロミオ　あ、あの女《ひと》やないと、あかんのです。

ローレンス　ただの思いこみや。たったひと夜の恋、たったひと夜の契りにしがみつくことは、なんもあらへん。

ロミオ　た、たったひと夜でも、き、奇跡が起きることがあります。う、運命の女と出会うたんです。

ローレンス　……。

ロミオ　お、お願いします。お、おれらの力になってください。

ローレンス　わかった……あきらめ。

と、またさっさと行こうとする。

ロミオ、ローレンスを止めて、

ロミオ　いやいやいや、ちょっと、ちょっと待ってください。は、話、聞いてください、話……。
ローレンス　さっさと手切れ。それがいちばんや。
ロミオ　で、できません。
ローレンス　殺されるぞ。
ロミオ　ち、知恵、貸してください。
ローレンス　おまえは自分から毒飲もうとしとるんや……わからんのか？

めかしこんだジュリエットが来る。

ジュリエット　（恥ずかしそうに）ロ・ミ・オ……。
ロミオ　（うれしそうに）……。
ローレンス　これが、ジュリエットか？
ロミオ　（頷いて）……。
ジュリエット　（頭を下げて）ジュリエットです。
ローレンス　これに惚れたんか？　これに永遠の愛を誓うたんか？
ロミオ　（頷いて）……。
ローレンス　だいぶ重症や。煎じ薬を処方したる。あとで、取りにこい。

ロミオ、ジュリエットを引き寄せて、

ロミオ　お、お願いします。おれらは愛しおうとるんです。ち、力、貸してください。
ローレンス　どないしても、一緒になりたいんか？
ロミオ・ジュリエット　（　頷いて　）……。
ローレンス　決心は変わらんのやな？
ロミオ・ジュリエット　（　頷いて　）……。
ローレンス　わかった……（　ジュリエットに　）帰れ。

と、行こうとする。
ロミオ、ローレンスを止めて、

ロミオ　いやいやいや、ちょっと、ちょっと待ってください……。
ローレンス　そやから、さっさと別れ。
ロミオ　で、できません。
ローレンス　わしの忠告が聞けんのか。
ロミオ　た、助けてください。
ローレンス　だめなもんは、だめや。
ロミオ　お、お願いします。

行こうとするローレンスと、止めようとするロミオが、揉み合う。

ジュリエット　（　なにが起こっているのかわからず、ぽかんと見て　）……。

7

ティボルトの家・前。

夕。

マキューシオが来る。
その後ろを、あたりを気にしながら、ベンヴォーリオがついてくる。

ベンヴォーリオ 帰ろ、マキューシオ。
マキューシオ えぇから、来いや。
ベンヴォーリオ 帰ろうや。ここらは、キャピレットの縄張りや。見つかったら、袋叩きにされる。
マキューシオ びびっとるのか。
ベンヴォーリオ 君子危うきに近寄らず、じゃ。

どんどん進んでいくマキューシオ。

ベンヴォーリオ　（声をおさえて）マキューシオ……マキューシオ。
マキューシオ　そこや、そこ。ティボルトの家は。

マキューシオ、中をのぞきこもうとする。
ベンヴォーリオ、マキューシオの腕を引っ張って、

ベンヴォーリオ　やめとけ、出くわしたら、どないすんや。
マキューシオ　ロミオが、ほんまに、あの女とくっついたかどうか確かめるだけじゃ。
ベンヴォーリオ　……。
マキューシオ　おまえも興味あるやろが。
ベンヴォーリオ　ほんまに、あの女とロミオが……？
マキューシオ　ゆんべ、家《うち》に帰っとらん。
ベンヴォーリオ　信じられん。ティボルトの妹やぞ。
マキューシオ　言うたやろ、恋は盲目やって。
ベンヴォーリオ　……。
マキューシオ　ばれたら、決闘状が届くわなぁ。きっと届く。まちがいない……手紙で届くんか、決闘状って？　それとも、葉書か？　葉書はないわな……（空に書いてみせて）け……つ……と……う……じ……あぁ、はみだしてしもたぁ……。

ベンヴォーリオ　おまえ、楽しんどるやろ。ロミオが生きるか、死ぬかの瀬戸際やっちゅうのに。

マキューシオ　（芝居がかって）おぉ、あわれなロミオ、おまえはすでに死んどる。キューピッドの矢に射ぬかれ、ヘロヘロ、恋の肥ダメに落ちて、アップアップ……あぁ、ロミオ、どないしてティボルトに立ち向かう？

ベンヴォーリオ　やめ、茶化すんは！

マキューシオ　なに、そないにむきになっとんじゃ。

ベンヴォーリオ　あんまりふざけすぎじゃ、阿呆。

マキューシオ　おまえ、ロミオのこととなると、マジになるな。

ベンヴォーリオ　親友……やからな。

マキューシオ　……なぁ、ベンヴォーリオ。

ベンヴォーリオ　なんや。

マキューシオ　おれが死んだら、泣いてくれるか……？

ベンヴォーリオ　なんや、急に……？

マキューシオ　おれかて、親友……やろ？

ベンヴォーリオ　悪友じゃ。いっつも、しょむないことに巻きこんで、えぇ迷惑じゃ。

マキューシオ　なぁ、泣いてくれるか？

ベンヴォーリオ　ほんのちょっぴりな。

マキューシオ　盛大に泣けよ。

ベンヴォーリオ　いっぺん死ねや。

マキューシオ　誰が死ぬか。

ベンヴォーリオ　ほなら、聞くな、ど阿呆。

ティボルトの若い衆たちが出てきて、家の前に並ぶ。
ティボルトとロベルト（キャピレット組、若頭）が連れだって、出てくる。
その後ろから、仏頂面のソフィア。
ロベルト、片腕がない。
慌てて、隠れるマキューシオとベンヴォーリオ。
ロベルト、車の鍵を、若い衆の一人に投げる。
鍵を受け取り、走っていく若い衆。

ロベルト　おまえの叔父貴に、鼻薬は？
ティボルト　渡しました。
ロベルト　近頃、ずいぶん派手にやっとるみたいやないか……え？

と、笑いながら、ティボルトの尻を軽く蹴り飛ばして、

ロベルト　あんまり無茶すんな。わしを心配させんなよ、え、兄弟。
ティボルト　三国人、つけあがらすわけにいかんでしょ。
ソフィア　三国人、三国人って、馬鹿にするもんやないわ。

ティボルト　だぁっとれ！　若頭の前で、ぐだぐだ言うな。
ソフィア　……。
ロベルト　兄弟、おまえがそないにきばらんでも、あいつらの後ろ盾のモンタギューは青息吐息、袋のねずみや。今まで、やりすぎたつけや。キャバレーのみかじめ、麻薬の密売、売春のカスリ、強請り、たかり、あげくに、恐喝、傷害……あかんあかんあかん、シノギの手立てが荒すぎんじゃ。
ソフィア　（目をむいて）……。
ロベルト　これからのヤクザは、スマートにやらんと、スマートに。

ロベルト、紙袋をティボルトのポケットに押しこんで、

ロベルト　とっとけ、小遣いや。
ティボルト　……。
ロベルト　スマートにな……。
ティボルト　（うれしそうに頷いて）……。
ロベルト　すんませんね、奥さん、長居してしもて。
ソフィア　……。
ロベルト　こいつとおれとは、部隊がちがうんですが……（ない右腕を叩いて）お互い、南方で苦労しとるから、言うたら、同期の桜ですわ……そやから、つい、話が弾んでしもて……いや、ほんま、すんません。
ソフィア　……。

ロベルト、小箱を取り出して、ソフィアに差し出す。

ソフィア　なんですの？
ロベルト　香水ですわ。バッタモンやないですよ、ＰＸの極上品ですわ。
ソフィア　……。
ロベルト　美人に似合いますわ。
ソフィア　正直な感想、おおきに、ありがとうございます。

ロベルト、ソフィアに香水を握らせる。

ロベルト　お近づきのしるしに。
ソフィア　……。
ティボルト　（若い衆たちに）送ってけ。

ロベルトと若い衆たち、去る。

ティボルト　しっぶいやろ、若頭。
ソフィア　ヤクザはヤクザ。信用でけんわ。
ティボルト　香水、受け取ったやないか。

ソフィア　恩に着たりせんから。
ティボルト　あのな……。
ソフィア　なに？
ティボルト　……。
ソフィア　言いたいことあるなら、はっきり言うて。
ティボルト　明日……若頭と盃かわす。兄弟分になる。
ソフィア　なに、それ？　なに、それ？　なに、それ？
ティボルト　三べんも繰り返すことないやろ。
ソフィア　あたし、ひとっことも聞いてない！
ティボルト　言うたら、反対するやろ。
ソフィア　あたりまえやわ。なんの相談もなしに、そんな大事なこと……ヤクザと兄弟分やなんて……最低！
最低！　最低！
ティボルト　三べん繰り返すなって。
ソフィア　あたしは、ぜったい反対！
ティボルト　おれの気持ちは変わらん。
ソフィア　ありえんわ！　とんでもない！　やめて！
ティボルト　もう決めた。口出しすな。
ソフィア　ちょっと待って、なに、それ？　勝手に、みんな決めて……あたしは？　あたしは、どないすんの？

そっと逃げ出そうとするマキューシオとベンヴォーリオを、ティボルトが目ざとく見つける。

ソフィア　ちょっと、あんた、聞いとるの？

ティボルト　おい、そこで、なにこそこそやっとる？

ベンヴォーリオ　たまたま通りかかっただけです。

ティボルト　ここらは、おまえらが立ち寄れるような場所やないぞ。

マキューシオ　天下の往来じゃ。どこをどない通ろうが、勝手や。

ベンヴォーリオ　すぐ帰ります。

ベンヴォーリオ、マキューシオの腕を引っ張って、

ベンヴォーリオ　帰ろう、マキューシオ。

マキューシオ　（ティボルトをにらんで、動かない）……。

ベンヴォーリオ　（ティボルトに）すんません、すぐ、いにますから。

マキューシオ　おい、なに頭下げとんじゃ、ボケ！

ベンヴォーリオ　無駄な争いすな。

ベンヴォーリオ、マキューシオを引っ張っていこうとする。

ティボルト、マキューシオの背中に、

ティボルト　とっとと国帰れ、三国人！

マキューシオ、かっとなって、ティボルトに飛びかかろうとするのを、ベンヴォーリオが必死で止める。

マキューシオ　阿呆の一つ覚えが！　ノータリン！
ベンヴォーリオ　やめ！
マキューシオ　こいつだけは許せん！　ぶっ殺す！

ティボルト、マキューシオに近寄って、頬を軽く叩く。

ティボルト　なんじゃ、その目は……なんちゅう目で見とる？　あん！
マキューシオ　くたばれ、クソ野郎！　死にさらせ！
ソフィア　ちょっと、あんた、やめて、こんな子どもらに、むきになることないやろ。
ティボルト　こいつら見とると、むかむかする。
マキューシオ　こっちのセリフじゃ、んだらぁ！
ベンヴォーリオ　相手すな、マキューシオ。

ベンヴォーリオ、マキューシオを引っ張る。

ソフィア　ほら、あんたら、さっさと行って……あんた、話、まだ終わっとらんわよ。家《うち》ん中で、ほら……。

ソフィア、ティボルトを引っ張る。

ティボルト、ソフィアの腕を払って、マキューシオとベンヴォーリオの前に立ちはだかる。

ティボルト　そろそろ、きっちり片つけよやないか。いつまでも、ごちゃごちゃやっとらんと。

マキューシオ　望むところじゃ、決闘じゃ、決闘！

ベンヴォーリオ　やめ、まだちゃんと治っとらんのやぞ。

マキューシオ　いつや、いつ⁉

ベンヴォーリオ　マキューシオ！

ティボルト　今晩零時に、カモメ埠頭。

ソフィア　ちょっと、あんた、阿呆な約束せんで。

ベンヴォーリオ　頭冷やせ、マキューシオ！

マキューシオ、ベンヴォーリオを払って、

マキューシオ　（ティボルトに）今晩、さしで勝負じゃ！　逃げんなよ！

マキューシオ、行く。

ベンヴォーリオ　マキューシオ！

ベンヴォーリオ、マキューシオを追っていく。

ソフィア　あんた、まさか、ほんまに決闘するつもりやないでしょ？
ティボルト　あいつ叩きのめして、愚連隊から卒業じゃ。それで、晴れて、若頭から盃もろうて……。
ソフィア　（爆発して）ええ加減にして！
ティボルト　（驚いて）……。
ソフィア　あたしがどんだけ胸痛めてるか、わからんの！　悲しい思いしてるのか、わからんの！
ティボルト　……。
ソフィア　決闘やなんて……勝っても負けても、なんの得にもならん……もしかして、死ぬかもしれん……。そやのに、なんで闘わなならんの⁉　なんで、そんな阿呆な真似すんの⁉
ティボルト　ちょっと痛めつけるだけや。決闘ちゅうても、殺し合いやない。大げさにすな。
ソフィア　戦争から帰ってきて、あんた、まるきり人が変わった。捨て鉢で、やけくそで、すぐかっとなって、誰彼のう噛みついて……ジュリエットが言うみたいに、ほんま自分からすすんで、死のうとしとるみたい……。
ティボルト　……。
ソフィア　戦争で、なにがあったん？　なにが、あんたをそんなに変えたん？
ティボルト　……。
ソフィア　あんたが死んだら……あたし……（すすり泣いて）……。

ティボルト　おい、やめ、道端で泣くな、阿呆。
ソフィア　あたしは、あんたのなんなん……？　あんたの苦しみ、ちょっとは分けてはもらえんの……？
ちょっとは楽にでけんの？
ティボルト　……。
ソフィア　お願い……なにがあったか話してちょうだい。
ティボルト　……。
ソフィア　話して……。
ティボルト　話したかて……。
ソフィア　話して！
ティボルト　聞きたいのか……？
ソフィア　聞きたい。
ティボルト　……どっから、どう話したらえぇのか……わからん……。
ソフィア　毎晩、うなされとるやろ？
ティボルト　……。
ソフィア　戦争の夢……？　そんで、うなされとるの……？
ティボルト　病院の夢や……。
ソフィア　あんたが入院しとった、南の島の……？
ティボルト　……。
ソフィア　話して。
ティボルト　地獄や……あそこは、地獄や……けど、あれは夢やない、現実や、ほんまの話や……。

ソフィア　……。

ティボルト　あの島の兵站《へいたん》病院……病院ちゅうても、ジャングルの、使われんようなった鉱山の坑道にムシロ並べただけの……おれは、まだ完治せんうちに、すぐに衛生兵やらされた。人手不足で、片足吹き飛んだぐらいで、手厚い看護なんかやっとられん。毎日、毎日、傷病兵が送られてきよる。頭が吹き飛んどったり、腸がはみ出しとったり……薬もなんもないうて、なんも手の施しようもない、ただの収容所や、死体置き場じゃ。死ぬまで、ほったらかしじゃ。夜になると、うめき声やらわめき声やらで寝られやせん。「お母ちゃん、お母ちゃん」って、すすり泣く声もする……それが、だんだんかぼそうなって……しまいに、聞こえんようになって……。

ソフィア　……。

ティボルト　けど、それは地獄のほんの入り口や……軍が撤退することになって、「戦闘にたえざる者は適宜処置すべし」ちゅう師団長命令が下されたんや。処置ちゅうのは、どないな意味かわかるか？　殺せっちゅうことや……まだ生きとる人間、殺すんやぞ。敵やのうて、味方殺すんやぞ。衛生伍長が猛反対した。けど、「この大馬鹿め、帝国軍人として戦友に葬られることこそ、最高の喜びじゃ！　やれ！」ちゅうて、刀の柄《つか》叩いて、怒鳴りつけられて……結局、「わかりました」って……。

ソフィア　……。

ティボルト　それから、熱が下がる、元気になる薬や、ちゅうて、衛生兵が次々、注射しはじめて……薬なんてない。ただ静脈に空気送って……獣みたいな声あげて、もがきながら、ばたばた死んでいきよる……みんな、おっとろしい死顔しとった……「おい衛生兵！　きさまら、熱が下がるとか嘘ぬかしよって、これは虐殺や！」……大声で叫んどる傷病兵にも、注射打って……それから……おれも……（　黙りこんで　）……。

ソフィア　もうえぇわ、もう聞かん。話、終わりにしよ。
ティボルト　おれも注射した！
ソフィア　……。
ティボルト　三国人の、まだ少年みたいな……両足の膝から先が吹き飛ばされた奴やった。けど、妙に明るうて、妙に人懐っこうて……そいつ、おれのこと、「ヒョン、ヒョン」って呼びよる。どないな意味やって聞いたら、「兄さん」やっちゅうて。郷里の兄さんに、よう似とるっちゅうて……注射針持って、そいつの前に行ったら……そいつが、おれのこと、じっと見つめて、それから、にっこり笑うて、自分から腕差し出しよった……白い腕やった……細い、ガリガリの、つかんだら折れそうな……おれは……おれは、その白い、細い腕に……（嗚咽して）……。

ソフィア、ティボルトを抱きしめる。

ソフィア　……。
ティボルト　……。
ソフィア　終わったんよ。戦争はもう終わったんよ……。
ティボルト　終わっとらん……まだおれの中で、終わっとらん……今も、三国人のあいつが、おれを見つめた目が……あの時、じっと見つめた目が忘れられん……今も、思い出すたんび、身体が震える……怒りやない、悲しみやない、なんとも言えんもんが……どす黒い、どろどろしたもんが……（胸を叩いて）ここに、ここに、渦巻いとる！　ここから、離れん！
ソフィア　……。

ティボルト　（慟哭して）……。
ソフィア　忘れよう、ティボルト……。
ティボルト　……。
ソフィア　忘れて、新しい生活始めよう……決闘も、盃もやめて、二人で、新しい生活始めんの。あたしら、ほら、まだ籍入れとらんやろ？　そやから、籍もちゃんと入れて、友だち呼んで、ささやかやけど、結婚式もあげて……あたし、無理したら、やや子も授かるかもしれん……あたし、まだまだいけるでぇ。
ティボルト　……。
ソフィア　な、そないしよ、あんた……。
ティボルト　そないできたら……。
ソフィア　できるって。
ティボルト　……。

ティボルト、ソフィアを突き放し、走り去っていく。

ソフィア　ティボルト！　ティボルト！　ティボルト！　……ティボルト！

いくら呼んでも、答えずに去っていくティボルト。
悲しみでいっぱいになりながらも、ティボルトを追いかけていくソフィア……。

8

「白頭山東洋治療所」前。

夜。

屋台で、ロミオが焼き鳥を焼いている。
甲斐甲斐しく手伝っているジュリエット。
ローレンスがカストリ焼酎をあおっている。

ローレンス　おまえらを祝福してえぇもんかどうか……おまえらが結ばれたからっちゅうて、モンタギューとキャピレットの抗争が終わるとは、到底思えん……この先、茨の道が続いとるだけな気がする……。

ロミオ　ど、どんな難関も乗り越えてみせます。ジ、ジュリエットがそばにおってくれたら、怖いもんなしです。

ジュリエット　あたしも、ロミオとなら、この先、どんなつらいことも耐えられます。

ローレンス　ゆんべ知りおうたんやろが。

ロミオ・ジュリエット　はい。

ローレンス　きっぱり言うな、きっぱり……。

ロミオ　お、おれら、あ、明日にでも、け、結婚します。

ジュリエット　あんたが望むんやったら……あたし、あんたの妻になります……（大いに照れて）いや〜、言うてしもた〜、恥ずかし〜。

ロミオ　ジ、ジュリエット〜。

ジュリエット　ロミオ〜。

ローレンス　ゆんべ、知りおうたんやろ？

ロミオ・ジュリエット　はい。

ローレンス　あのな、そないな激しい歓びには、激しい結末がつきもんや。花火がパンパンちゅうて夜空に消えるみたいに、あっちゅう間に燃えつきよる。甘すぎる蜜は、かえって鼻につきよる。えずきよる。そやから、ほどほどに愛するこっちゃ。長続きするんは、ほどほどの愛や。過ぎたるはなお及ばざるがごとし……。

ロミオとジュリエット、見つめあっている。

ローレンス　おい、わしの話、聞かんかい！

ベンヴォーリオが息せき切って、来る。

ロミオ　ベンヴォーリオ？

ベンヴォーリオ　水くれ。

ロミオ　ど、どないした、ベンヴォーリオ？

ロミオ、ベンヴォーリオに水を渡す。

ベンヴォーリオ、ぐっと水を飲んで、

ベンヴォーリオ　マキューシオが、ティボルトに決闘申込みよった。

ローレンス　あのど阿呆！

ロミオ　な、なんで、そんなことに？

ベンヴォーリオ　おまえとジュリエットが……なんちゅうか……確かめに行って……そんで……。

ジュリエット　あたしとロミオのこと、兄さんに？

ベンヴォーリオ　話したりせん。すぐ喧嘩になった。いつもみたいに、おまえの兄貴がからんできて、マキューシオがブチ切れて……。

ジュリエット　あたしらのことが原因やないの？

ベンヴォーリオ　（首を横に振って）……。

ロミオ　マ、マキューシオの奴、な、なんでこないな時に……おれとジュリエットが夫婦《めおと》になろうっちゅう時に……。

ジュリエット　まだ決闘が始まったわけやない。今からでも、止められる。

ベンヴォーリオ　おまえら、ほんまに、ゆんべ……？
ローレンス　ゆんべは、なんもやっとらん。けど、話は明後日まで行っとる。
ベンヴォーリオ　……？
ジュリエット　ロミオ、マキューシオを捜して。あたし、兄さんとソフィア、捕まえるから。
ロミオ　け、決闘の場所は？
ベンヴォーリオ　カモメ埠頭、午前零時。もう時間ない。
ロミオ　い、行かんとならん。

慌てて、支度するロミオとジュリエット。

ローレンス　下手な仲裁は、かえってためにならんぞ。
ロミオ　マ、マキューシオはおれの、し、親友で、ジ、ジュリエットと一緒になったら、テ、ティボルトは、おれのあ、兄貴になる。け、決闘やなんて、ぜ、ぜったい止めなならん。
ベンヴォーリオ　ゆんべの今日で、そこまで話が進んどるのか……そんなことあんのか？　……信じられん。
ローレンス　わしもや。
ベンヴォーリオ　ロミオ……おまえ……あの女のどこが良かった？　どこが気に入った？
ロミオ　そ、そんな話しとる場合やないやろ。
ベンヴォーリオ　……。
ロミオ　（ローレンスに　）で、出かけてきます。
ベンヴォーリオ　おれも行く。

ローレンス　おい、店は？

ロミオ　け、決闘止めたら、また戻ります。そ、それまで、ちょっと見ててください。お、お願いします。

ローレンス　飲み放題か？

ジュリエット、帳面を取り出し、

ジュリエット　ちゃんとここに、つけといてくださいよ、先生。

ローレンス　もう女房気取りか……尻に敷かれるぞ、ロミオ。

ロミオ　（照れて）……。

ジュリエット　（ロミオに）あたし、とりあえず、家《うち》に。

ロミオ　た、頼んだで。

ジュリエット　（頷いて）……。

ロミオ、ジュリエットを引き寄せ、抱く。

ベンヴォーリオ　（切ない）……。

別々に分かれていこうとするロミオとジュリエット。

ジュリエット、振り向いて、ロミオに声をかける。

ジュリエット　ロミオ。

ロミオ　ジュリエット。

二人、駆け寄って、抱き合う。

ロミオ　お、おれはどないなことがあっても、い、一緒になる。

ジュリエット　（頷いて）……。

別々に分かれていこうとするロミオとジュリエット。
ジュリエット、振り向いて、ロミオに声をかける。

ジュリエット　ロミオ。

ロミオ　ジュリエット。

二人、駆け寄って、抱き合う。

ジュリエット　なにがなんでも、止めてちょうだいね。

ロミオ　（頷いて）……。

別々に分かれていこうとするロミオとジュリエット。

ジュリエット、振り向いて、ロミオに声をかける。

ジュリエット　ロミオ。

ロミオ　ジュリエット。

二人、駆け寄って、抱き合う。

ジュリエット　二人の明日がかかっとるんやからね。

ロミオ　（頷いて）……。

ローレンス　おい、いちゃついとらんと、さっさと行け！

ジュリエット、行く。

ロミオ　（ベンヴォーリオに）い、行こう。

ロミオとベンヴォーリオ、行く。

ローレンス、一升瓶からカストリ焼酎をつぐ。

ローレンス　誰が言うたんやっけ？　……恋するもんは、夏の風に揺れる蜘蛛の糸に乗っても落ちたりせん……阿呆らし。世の中の喜びが、そんだけ軽いっちゅうこっちゃ……。

酔ったソフィアが来る。

ソフィア　一杯、ちょうだい。
ローレンス　ジュリエットと会わんかったか？　あんた、捜しとるぞ。
ソフィア　……。
ローレンス　ティボルトとマキューシオが決闘するとかで……大騒ぎや。
ソフィア　それ（カストリ焼酎）、おんなじやつ。

ローレンス、コップにカストリ焼酎をついで、出す。

ローレンス　あんたは？　あんたは、行かんのか？

ソフィア、なにも言わずに飲み干す。

ローレンス　決闘、止めんのか？
ソフィア　ヤクザの女房って、どんなやろね？
ローレンス　カーバイドの滓みたいなもんやろ。なんの役にも立たん。路地裏に捨てられるのがおちや。
ソフィア　ねぇ、もう一杯、くれる？

ローレンス、カストリ焼酎をつぎながら、

ローレンス ティボルトと所帯持つのんか？

ソフィア （曖昧に笑って）……。

ローレンス どいつもこいつも、なんで、そないに結婚したがる？

ソフィア ほっといたら、飛んでいきよるもん。飛んでって、そのへんのドブに顔つっこんで、死んでしまいよる。

ローレンス どこで野垂れ死にしようが、ほっといたらえぇ。どうせカスや。

ソフィア カスでも、愛しとるから……。

ローレンス ……。

ソフィア どうしようものう、愛しとるから……。

ソフィア、またぐいと飲み干す。

ローレンス 今夜は長い夜になりそうやの……もう一杯いくか。

ソフィア （頷いて）……。

ローレンス、コップにカストリ焼酎をつぎ足す。
またまたぐいと飲み干すソフィア。

ローレンス　えぇ飲みっぷりや。もう一杯いこ。

と、またつぎ足す。

ソフィア　もう四杯め……。
ローレンス　えぇから、えぇから。

ソフィア、ぐっと飲む。

ローレンス　よし、もう一杯いこ。
ソフィア　……。

9

「カモメ埠頭」。深夜。

マキューシオ率いるモンタギュー愚連隊と、ティボルト率いるキャピレット愚連隊が、にらみ合っている。

♪

今夜（今夜）
あいつを（どいつや）
今夜（今夜）
地球の裏まで　殴りまくり（売られた喧嘩は買うたるで）
今夜（今夜）
宇宙の果てまで　蹴り飛ばし（返り討ちにしたるわ　ボケ）
きっちり教えたる（いつでもこんかい）

この街はおれたちの街や（いいや　おれたちの街や）
この街はおれたちの街や（この街はおれたちの街や）

今夜（今夜）
決闘や（血見るで）
今夜（今夜）
蜂が刺すみたいに　一撃や（へなちょこパンチ屁でもないわ）
今夜（今夜）
蝶が飛ぶみたいに　軽々と（能書きはもうえぇぞ　カス）
はっきり片つけたる（早よかかってこんかい）
この街はおれたちの街や（いいや　おれたちの街や）
この街はおれたちの街や（この街はおれたちの街や）

ティボルトとマキューシオが進み出る。

ティボルト　タイマン勝負じゃ。誰も手出すな……（マキューシオに）覚悟はえぇな。
マキューシオ　念仏でも唱えとけや。

ティボルト、マキューシオ、ファイティングポーズで向かい合う。

ティボルト　……。
マキューシオ　……。

ロミオとベンヴォーリオが駆けこんでくる。

ロミオ　ちょ、ちょっと待って！　ちょっと待って！

ロミオ、ティボルトとマキューシオの間に立って、

ロミオ　や、やめ！　やめ！　やめてくれ！
ティボルト　へっこんどれ！　関係ない奴は、黙って、見とれ！
ロミオ　か、関係ある。こ、これから、か、関係する……（自分とティボルトを指して）か、関係でける。
ティボルト　気色悪いこと、言うな！　関係あるか！
マキューシオ　そこ、どけ、ロミオ！
ロミオ　と、とにかく、け、決闘はやめてくれ。

ティボルト、松葉杖でロミオを払う。

ティボルト　どけ！

ロミオ、あくまで立ちはだかって、

ロミオ　や、やめてくれ。お、お願いや。
ティボルト　おのれが相手すんのか。上等や、かかってこんかい！
ロミオ　ち、ち、ちがう。
ティボルト　ほなら、邪魔すんな！
マキューシオ　どけ、ロミオ！　こいつと決着つけなならん！

ロミオ、土下座して、

ロミオ　こ、この通り。お、お願いします。
マキューシオ　おい、やめ、ロミオ！　なにしとる！
ティボルト　おいおいおい、なんの真似や？　負けが目に見えとるから、ごめんなさぁい、堪忍してくださぁい……ってかぁ。

キャピレット愚連隊たち、囃したてる。

マキューシオ　さっさと立て、ロミオ！

ロミオ　け、決闘、や、やめてください。
マキューーシオ　やめ、ロミオ！　こんな奴に頭下げて、恥ずかしないのか！
ロミオ　（マキューシオに）お、おれはをおまえを愛しとる……（ティボルトに）あ、あんたも、あ、愛しとる。ふ、二人に争うてほしうない。
ティボルト　こんなところで、愛の告白かぁ。後で愛したるから、けつ洗うて、待っとけ。

キャピレット愚連隊たち、笑い声をあげる。

ロミオ　お、おれは、あんたを、あ、愛さんとならんわけがある。そ、そのわけは、い、いずれわかる。
マキューーシオ　気でも狂うたか、ロミオ！
ベンヴォーリオ　ほんまにわけがあるんや。
ロミオ　た、頼むから、け、決闘はやめてください。
マキューーシオ　えぇかげんにせぇ！　立て、立たんか、ロミオ！

マキューシオ、ロミオを立たせようとするが、またティボルトに頭を下げるロミオ。

ロミオ　お、お願いします。
ティボルト　阿呆んだらぁ、子どもの喧嘩やないわ！　そない簡単に……はい、わかりました、はい、止めますっちゅうわけにいくか、ダボ！

ティボルト、ロミオに唾を吐きかける。

マキューシオ、叫びながら、ティボルトを突き飛ばす。

倒れたティボルトに、蹴りを入れるマキューシオ。

うめき声をあげるティボルト。

容赦なく蹴りあげるマキューシオ。

ロミオ　マ、マキューシオ！　や、やめ！　……や、やめてくれ、た、た、た、頼む！

ロミオ、マキューシオを止めさせようとするが、

マキューシオ　うっさい！　どけぇ！

と、興奮状態。

ティボルト、マキューシオの足をつかんで、倒す。

キャピレット愚連隊の一人が、ナイフをティボルトに放り投げ、「やってまえ！」と、叫ぶ。

ティボルト、ナイフをつかむ。

ロミオ　や、やめー！

割って入ろうとするロミオをキャピレット愚連隊が取り押さえる。

ロミオを助けようとするベンヴォーリオを、キャピレット愚連隊が、殴り飛ばす。
立ちあがって、にらみ合うマキューシオとティボルト。

マキューシオ　……。
ティボルト　……。

ティボルト、マキューシオに切りつける。
紙一重で避けるマキューシオ。
息づまる交戦が繰り広げられる。
マキューシオ、ティボルトの腕を蹴り上げ、ナイフを飛ばす。
ロミオがキャピレット愚連隊を振り払い、マキューシオを捕まえる。

ロミオ　も、もうやめてくれ、マキューシオ！
マキューシオ　離せ、ロミオ！
ロミオ　お、お願いや！
マキューシオ　離せ！

ティボルト、ナイフを拾いあげるが、躊躇する。
キャピレット愚連隊が喚声をあげる。

ティボルト　……。

ティボルトとマキューシオを取り囲むように、団子状態になる愚連隊たち。
喚声と怒声が渦巻く。
突然、マキューシオの悲鳴。
離れていく愚連隊たち。
マキューシオの胸に、ナイフが刺さっている……。
マキューシオを抱きしめているロミオ……。

マキューシオ　（自分の胸に刺さったナイフを見つめて）……。
ロミオ　（青ざめて）……。
マキューシオ　大した傷やない。けど、こたえる。けっこうこたえる。きっと明日は、墓の中や。
ベンヴォーリオ　大丈夫や。白ひげのおっさんのとこ、連れてったる。こんな傷、すぐ治る。
マキューシオ　気休めはやめ！
ベンヴォーリオ　……。
マキューシオ　なんで、邪魔した!?　おれは、おまえの脇の下から刺されたんやぞ！
ロミオ　（泣きながら）お、おれは……お、おれは、や、やめさせよう思て……。
マキューシオ　ベンヴォーリオ、おれをこいつから引き離してくれ。
ロミオ　マ、マキューシオ……。
マキューシオ　こいつの涙で、おれを濡らしてくれんな……うんざりじゃ！

ロミオ、マキューシオの手を握り、

ロミオ　マ、マキューシオ、ゆ、許してくれ……お、おれを許してくれ……マ、マキューシオ……。

マキューシオ　あかん……もう目の前が暗なってきた……モンタギューもキャピレットもくたばってまえ！　死にさらせ！　おれを肥ダメに蹴落として、蛆虫の餌にしくさって、阿呆んだらぁ！

マキューシオ、胸に刺さったナイフを抜き取り、地面に叩きつける。

マキューシオ　おい、誰か、おれをダンスホールに連れてってくれ！　明日、死ぬんやったら、今夜は踊り明かすぞ！

マキューシオ、最後の力を振り絞るようにしてステップを踏む。
ベンヴォーリオの腕の中にくずおれるマキューシオ。

ベンヴォーリオ　（悲痛な声をあげて）マキューシオ！

ティボルト、ベンヴォーリオを突き飛ばし、マキューシオを揺する。

ティボルト　起きろ……お、起きてくれ……マキューシオ……マキューシオ！

ロミオ　や、やめてくれ、ティボルト。

ロミオ、ティボルトからマキューシオを引き離そうとするが、半狂乱になっているティボルト。ティボルト、過去の記憶がフラッシュバックしたのか、悲痛な声をあげながら、なおもマキューシオを揺すり続ける。

ティボルト　返事してくれ、マキューシオ！

ロミオ　や、やめてくれ！

ロミオ、ティボルトにすがるが、振り払われる。
かっとなったロミオが唸り声をあげて、ナイフをつかんで、ティボルトに切りかかる。
色めき立つキャピレット愚連隊とモンタギュー愚連隊。
味方、敵、関係なしに闇雲にナイフを振り回すロミオ。
騒然とした中、ふらふらと立ちあがるティボルト。
ティボルト、いきなりロミオの手をつかみ、自分の胸にぐいと突き立てる。
ティボルトの胸に、深々と刺さるナイフ。

ティボルト　（笑ってみせて）……。

ティボルト、ロミオを抱きしめるようにして、くずおれる。

ティボルト、絶命して……。

ロミオ　（正気にかえって、茫然として）……。

雨が降りはじめる。

パトカーのサイレン音が聞こえてくる。
散り散りに逃げ出す愚連隊たち。
ロミオとベンヴォーリオ、マキューシオとティボルトの死体だけが残される。
雨に打たれつづけているロミオ……。

ベンヴォーリオ　ぐずぐずすんな、早よう！

ロミオ　な、なんちゅうこと……お、おれは、なんちゅうことしたんや……お、おれのせいで、ふ、二人も……。

ベンヴォーリオ　嘆きは後や、今は逃げるんが先決や、ロミオ。

ロミオ　お、おれはじ、自分で自分の首、絞めてしもた……じ、自分で自分の明日、踏み潰してしもた……ジ、ジュリエットとおれの明日は、もう来ん、に、二度と、来ん……。

パトカーのサイレン音が近づいてくる。

ベンヴォーリオ　早よう！

　　ロミオ、自分の首にナイフをあてる。

ベンヴォーリオ　ロミオ！

　　ロミオ、ナイフを捨てて、
ロミオ　（泣きながら、叫んで）そ、そんでも、お、おれは、き、君への愛で、む、胸が張り裂けそうや！　……ジ、ジュリエット！　き、君を、あ、愛しとる！　え、永遠に愛しとる！　……ジュリエット！

　　雨が激しくロミオの上に降りかかって……。

　　ベンヴォーリオ、子どものように泣きじゃくるロミオを抱きしめて……。

　　音楽高鳴って、溶暗。

幕間

黒衣に身を包んだソフィアと戦争未亡人たちが遺影を抱きながら、来る。
狂ったように歌い踊りだすソフィアと戦争未亡人たち。

♪
えらいやっちゃ　えらいやっちゃ　よいよいよいよい
おとちゃんも　よいよい
じいちゃんも　よいよい
せがれも　よいよい
あんたも　よいよい
よいよいよいよいよい
お国のために　散りました
花となって　散りました
えらいやっちゃ　えらいやっちゃ　よいよいよいよい
えらいやっちゃ　えらいやっちゃ　よいよいよいよい
おかちゃんも　よいよい

ねえちゃんも　よいよい
娘も　よいよい
あたいも　よいよい
よいよいよいよい
涙こらえて　送りました
笑顔つくって　送りました
えらいやっちゃ　えらいやっちゃ　よいよいよいよい
えらいやっちゃ　えらいやっちゃ　よいよいよいよい

踊りながら、去っていく戦争未亡人たち。
ソフィア一人、取り残されて、嘆きの声をあげる。

ソフィア　ティボルト！

二幕

1

ティボルトの家・物干し台。
物干しに、ジュリエットの服が干してある。
その下に、せんべい布団にくるまったロミオとジュリエット。

夜明け前。

ロミオが目を覚ます。
眠っているジュリエットの顔を見つめ、悲しみが湧いてきて、すすり泣きはじめる。

ロミオ　……。

ジュリエット、目を覚ます。

ロミオ　す、すまん……。
ジュリエット　謝らんといて……。
ロミオ　……。

ジュリエット、ロミオを強く抱きしめる。

ジュリエット　あんたが兄さんを殺したやなんて……今も、信じられん……信じとうない……。
ロミオ　……。
ジュリエット　けど、あたし……兄さんが死んだことより、あんたとの別れがつらい……ものすごう、つらい……なんちゅう薄情な女なんやろ、あたし……。
ロミオ　……。
ジュリエット　……。

ジュリエット、立ちあがって、

ジュリエット　夜がもう明ける……だんだん東の空が明るうなってきた。
ロミオ　……。

鳥の鳴く声がする。

ジュリエット　あれは、ヒバリ？　それとも、ホオジロ？　オオヨシキリ？　カイツブリ？　ちがうわ、カワラヒワ？　ケリ？　セグロセキレイ？
ロミオ　ジ、ジュリエット、き、君、野鳥にくわしいね。
ジュリエット　やっぱり、あれはヒバリ……もう行かんとならんわね……夜明けの歌を、いけずのヒバリが歌いはじめた。
ロミオ　あ、あれは、ヒ、ヒバリやない。ま、まだ夜は明けとらん。

ジュリエット、干してあった自分の服を取りこんで、

ジュリエット　これ、着て。ばれんように。走る時は、内股でね。
ロミオ　ど、どこにも、い、行きたない。お、おれは、こ、ここにおる。
ジュリエット　警察が血眼で、あんた、捜しとる。グズグズしとられん。白ひげのおじさんが、マンチュア行きの手はずは整えてくれとるはず。大急ぎ行ってちょうだい。
ロミオ　つ、捕まってもえぇ、し、死刑になってもえぇ。き、君のそばにおられるんやったら。
ジュリエット　しゃんとして！　めそめそしとる場合やないの！

ロミオ　……。

ジュリエット　あたしら、ゆんべ、夫婦の契りをしたでしょ？

ロミオ　……。

ジュリエット　返事は？

ロミオ　は、はい。

ジュリエット　あたしらは、一心同体。あんたがなにしようが、どこに行こうが、あたしらの愛は変わらん……そやろ？

ロミオ　……。

ジュリエット　返事は？

ロミオ　は、はい。

ジュリエット　もしも、あんたが死刑になったなら、あたしも死ぬ。

ロミオ　……。

「ジュリエット！」とロベルトの声がする。

ジュリエット、ロミオを立たせて、

ジュリエット　ほら、さっさと着て、早よう行って。

ロミオ、ジュリエットの服を着て、手拭いをほっかむりする。

ジュリエット　毎日、手紙、ちょうだい。あんたと会えん一分が、あたしにとっては、百日とおんなし。
ロミオ　か、書くよ、ぜ、ぜったい。
ジュリエット　あたしら、また会える？　これが永遠の別れやないわよね？
ロミオ　な、なに阿呆なこと……む、迎えにいく。す、すぐ迎えにいく。や、約束する。す、すぐ会える。き、きっと会える……そ、その時は、今のこの悲しみは、み、みんなみんな、楽しい思い出になっとる。
ジュリエット　（頷いて）……。
ロミオ　わ、わ、わ、別れの、キ、キ、キ、キ……。

ロミオとジュリエット、口づけをかわす。

ロミオ　……。
ジュリエット　……。

ロミオ、物干し台から飛び降り、走り去ろうとする。

ジュリエット　内股で！

ロミオ、内股で去る。

ジュリエット　胸騒ぎがする。あの人の顔が、なんや墓穴に寝かされた死体みたいに、青ざめて見えて……朝靄のせいやろか、それとも、悲しみのせいやろか……。

「ジュリエット！」と、またロベルトの声がする。

ジュリエット　今、行きます！

ジュリエット、下りていく。

×　×　×

同・前

ソフィアとロベルトが出てくる。

ソフィア　聞いたことないです、いっぺんも。うちの人が、そんな阿呆な……なんかの間違いです。ありえません。

ロベルト　ここに、ほら、証文もある。

ロベルト、懐から証文を取り出す。

ソフィア　そやから、そないな証文交わすわけないんです！
ロベルト　とにかく、あんたやとらちがあかん……（呼んで）ジュリエット！
ソフィア　あたしはティボルトの……。
ロベルト　籍には、入っとらんやろ。他人のあんたからむしり取るわけにいかん。
ソフィア　……。
ロベルト　わしらはあくまで法律にのっとって、金融やっとる。利子かて、良心的や。そこらの十一《といち》といっしょくたにすな……（呼んで）ジュリエット！

シュミーズにカーディガンを羽織ったジュリエットが来る。

ソフィア　寝とったの？
ジュリエット　（曖昧に頷いて）……。
ソフィア　こないな時に、あんたは……。
ロベルト　これが、ジュリエットか？
ソフィア　（頷いて）……。
ロベルト　（値踏みして）こら、大した金にはならんか。
ソフィア　せめて、喪が明けてからにしてくれませんか？
ロベルト　慈善事業やっとるわけやない。
ソフィア　なんとか算段しますから……。

ロベルト　返せるあて、あんのか？
ソフィア　なんとかします……。
ロベルト　なんとかかっちゅうのは？
ソフィア　なんとかは……なんとかで……なんとかやないですか……。
ロベルト　（鼻で笑って）話にならん。
ソフィア　お願いします。
ジュリエット　なんの話？
ロベルト　おまえの兄貴の借金や。
ジュリエット　……。
ロベルト　証文も、ちゃんと、ここにある。

ロベルト、証文を見せる。
ジュリエット、証文を読んで、

ジュリエット　こないな大金、兄さんが……⁉
ソフィア　借りるわけないわ！　偽もんよ！
ロベルト　（しみじみと）ティボルトがのうなって、ほんま残念や。お悔み申し上げる。わしも悲しんどる、心からな……けど、借金は、借金、話は別や。
ジュリエット　……。
ロベルト　おまえの兄貴はあの世に召された。返せるわけない。ほなら、妹のおまえが肩代わりする……単

ジュリエット　純、明快、当然至極や……子どもでも、わかるわな？
無理です、無理。こんな大金……払えるわけないです。

ロベルト、ジュリエットから証文を取り返して、

ロベルト　木曜まで待つ。
ソフィア　ちょっと待ってください。
ロベルト　支払えんかったら、カモメ埠頭のカフェーで働くか、埠頭のカモメの餌になるか……二つに一つや。
ソフィア　……。

ロベルト、行こうとするのを、ソフィアが引きとめる。

ソフィア　ちょっと待ってください。
ロベルト　しつっこいぞ。おのれもカモメの餌になりたいんか。
ソフィア　同期の桜やったうちの人から、むしりとるんですか？　あんまりやないですか。ちょっとは情けっちゅうもんが、ないんですか？
ロベルト　地獄って知っとるか？
ソフィア　……。
ロベルト　片手がもげて瀕死のわしに、だぁれも手差し伸べたりはせんかった。むしろ、わしが死ぬのを、

今か今かちゅうて、目光らせて待っとったわ。わしを食らおう思うてな……同期の桜なんか、とっくのとうに腐って、枯れとる。

ロベルト、ソフィアを振り払っていく。
ジュリエットとソフィア、抱き合って、

ジュリエット　嫌、ぜったい嫌、あたしには、夫が……ロミオがおるのに、そんな真似でけん。
ソフィア　昨日の今日で、こないなひどい仕打ち……手のひら返したみたいに……（ロベルトが去った方向に叫んで）阿呆んだら！　ヤクザはヤクザや！　ボケ！　カス！　ごまのはえ！
ジュリエット　身体売れっちゅうことでしょ？　そやろ？
ソフィア　どないかせんと、どないかせんとね……あぁ、けど、悲しみでいっぱいで、頭が回らん。
ジュリエット　あたし、嫌！　カフェーの女給やなんて、嫌！

ソフィア、驚いて、ジュリエットを凝視する。

ソフィア　あんた、今、なんて……？　なんて、言うた……？
ジュリエット　ロミオとあたし、ゆんべ、結ばれたんよ……。
ソフィア　……。
ジュリエット　誰も立ちおうとらんけど、あたしら、夫婦になったの。
ソフィア　（かっとなって）尻軽女！　恥知らず！　人でなし！　顔も見とうない！　出てって！　今す

ぐ出てって！

ジュリエット　助けて、あたしを助けて、ソフィア。

ソフィア　知ったこっちゃない！

ジュリエット　頼れるのは、あんたしかおらんの……お願い……。

ソフィア　あんた、自分が今、どんだけ阿呆なこと、どんだけ勝手なこと言うとるのか、わかっとる？　恋に目くらんで、頭おかしなった？　気狂うた？

ジュリエット　わかってる、断られて、あたりまえの頼みやって、わかってる。けど、今のあたしには……。

ソフィア　（さえぎって）わかっとらん！　わかっとらん！　わかっとらん！　三回繰り返したわ。ティボルトが生きてたら、つっこんでくれてるのに……。

ジュリエット　……。

ソフィア　ロミオはティボルトを、あんたの兄さんを殺したんよ！　あたしの愛する男を奪ったんよ！　あんた、悲しないん？　つらないん？　ほかの誰でもない、あんたの兄さんが殺されたんよ。

ジュリエット　悲しいし、つらい……けど、それ以上に、あたし、ロミオを……。

ソフィア　聞きとない、聞きとない、聞きとない！　ロミオは人殺しなんよ。人の命奪うといて、自分だけのうのうと生きのびて……そんで、あんたと夫婦に⁉　……地獄に落ちたらえぇわ！

ジュリエット　……。

ソフィア　でけるんやったら、あたしが……このあたしが、ロミオをこの手で、殺してやりたい、ずたずたにしてやりたい。

ジュリエット　堪忍して、ソフィア……あの人の罪は、あたしの罪……あの人、堪忍してやって、許してやって。

ソフィア　どんだけ謝っても、ティボルトは帰ってこん！　ロミオが殺したんよ！　あんたの夫のロミオが！

ジュリエット　けど、けど、愛しとるの！　どうしようものう！

ソフィア　（叫んで）やめて！

ジュリエット　ソフィア。

ソフィア　……。

ジュリエット　ソフィア。

ソフィア　（答えない）……。

ジュリエット　もう口もきいてくれへんのね……。

ソフィア　……。

ジュリエット　ソフィア、この街で、あんたが、たった一人の話し相手で、友だちやった……ロミオを愛したことで、あたし、この街の全員、敵にしてしもたんやね……。

ソフィア　……。

ジュリエット　（涙ぐんで）なんで……なんで、こないなことになってしもたんやろ……あたしら、ただ二人で、幸せになりたかっただけやのに……。

ソフィア　……。

ジュリエット　（気を取り直して）兄さんの借金で、あんたに迷惑かけたりせんから、ソフィア。約束する。一人で、なんとかする。

ソフィア　……。

ジュリエット　（頭を下げて）今まで、ほんまに、ありがとう。

ジュリエット、去っていく。

ソフィア （どうしようもなく）……。

2

「白頭山東洋治療所」前。

夜。

トランクを持ったローレンスが、そっと戸を開いて、出てくる。
ローレンス、あたりの様子をうかがって、

ローレンス ロミオ、出てこい。びくびくせんでえぇ、誰もおらん。

女装のロミオが戸口から、顔を出す。
ロミオ、鬘をかぶり、メイクもしている。

ローレンス 見事な変身や。ちょっとごついけど、これやったら、ばれずに、マンチュアまでたどりつけるやろ。ほれ、切符……。

ローレンス、ロミオに切符を渡そうとするが、受け取ろうとしない。

ローレンス　どないした？　さっさと出発せんか。最終電車に乗り遅れる。
ロミオ　い、行きたないんです。今、こ、ここを離れたら、ジ、ジュリエットと二度と会えんような……そ、そないな気がして……。
ローレンス　ほとぼりが冷めたら、ジュリエットにまた会える。かならず会える。心配せずに、ほら、早よう。
ロミオ　……。
ローレンス　なんや？　まだ気がかりなことがあんのか？
ロミオ　こ、ここを離れても、おれの罪は消えません……お、おれは、テ、ティボルト、こ、殺してしもた。さ、殺人犯や。は、犯罪者や。お、お尋ね者や。い、いつか捕まって、裁かれる……け、刑期は？　二十年？　三十年？　五十年？　も、もっと？　む、無期懲役？　し、死刑？
ローレンス　望みを捨てたらあかん。先に手出したんは、ティボルトや。おまえがしでかした過ちも、きっと情状酌量される。それまで、マンチュアでじっと我慢や、我慢。
ロミオ　な、何年？　何年、ま、待てばえぇんですか？　ジ、ジュリエットから遠く引き離されて、い、生きてく希望ものうて、な、何年、待てばえぇんですか？
ローレンス　でけるだけ早よう、ヴェローナに戻ってこれるよう、手は尽くす。約束する。そやから、一刻も早よう、ここを離れるんや。
ロミオ　ジ、ジュリエットのところに戻ります。お、おれの妻のもとに。

ローレンス　見つかったら、なぶり殺しや。カラスとキャピレット、サツ（警察）とヤクザが手組んで、おまえを大悪党に仕立てあげようとしとる。ヴェローナの街の人らの憎しみ、怒り、不安、差別と偏見、なんもかんも全部おまえに背負わせて、一気にモンタギュー、潰すつもりでおる。

ロミオ　そ、それでも、かまいません。ジ、ジュリエットに会いに行きます。

ローレンス　マンチュアで息をひそめて、機会を待つ。それが最良の処方箋や。さ、急いで、早よう。

ロミオ　い、嫌です。

ローレンス　ロミオ！　えぇかげんにせぇ！

ロミオ　ど、どないしてもちゅうんなら、こ、ここを、おれの、は、墓穴にしてください。

ロミオ、その場に、寝転がる。

ローレンス　子どもみたいな真似は、やめ！

路地で犬が吠える。

ローレンス　誰か来た。ほれ、立ちあがって。

ロミオとローレンス、慌てて床几に腰かけ、背を向ける。
カラスと、手錠をはめられたベンヴォーリオ、その後ろから、スズメが、入ってくる。

ベンヴォーリオ　ティボルトはマキューシオを殺したんやぞ。その罪は問われんのか？　ティボルトや、ティボルトが最初に仕掛けたんや！　ロミオは悪うない！
カラス　わしが、あれで、あれする前に、口閉じとけ。
ベンヴォーリオ　ロミオは決闘を止めようとしただけや！　言わば、正当防衛や！

カラス、ベンヴォーリオを殴る。
黄色い悲鳴をあげるスズメ。

ローレンス　わしの店の前で、暴力沙汰はやめてくれ。
カラス　ロミオは？　ロミオはどこ行った？
ローレンス　藪から棒に……もちょっと愛想ようでけんのか。答えられるもんも、答えられんわ。
カラス　（笑顔をつくって）ロミオの行方、ご存じ？
ローレンス　（にべもなく）知らん。
カラス　おい。
ローレンス　知らんもんは、知らん。
カラス　ここに、ちょくちょく顔出しとったやろ。おまえらが親密なのは、わかっとる。
ローレンス　ただの屋台の店主と、呑兵衛の親父や。
カラス　ロミオから、言づては？
ローレンス　ない。
カラス　正直に話さんと、承知せんぞ。

ローレンス　正直に申告しとる。
カラス　下手にロミオ、かばうたり、隠したりすんなよ。ここに顔出すことあったら、わしんとこ、すぐ報告せぇ……わかったな？
ローレンス　……。
カラス　（ロミオに）お嬢ちゃんも、頼むわ。
ロミオ　（声色で）あい。
ベンヴォーリオ　なんぼ捜したかて、もうロミオは、ヴェローナにおりませんわ。
カラス　なんで、そない言い切れる？
ベンヴォーリオ　シチリアに渡るって言うてました。
カラス　どこに逃げようが、追ってったる、地の果てまでな。
ベンヴォーリオ　えらい熱心や……ロミオ捕まえたら、キャピレットに売るんですか。
カラス　……。
ベンヴォーリオ　あんたらがつるんで、おれらモンタギュー、潰そうとしとるのは、わかっとる。ロミオは悪の権化や、三国人は敵やって言いふらして、この街の連中を煽っとるのも……けど、ティボルトがマキューシオ殺した罪は消せん。ティボルトは哀れな犠牲者やない、加害者や。
カラス　そろそろ黙ったほうがえぇぞ、若僧。わしがまた、あれがあれする前に……。
ベンヴォーリオ　ロミオだけを凶悪犯罪者にさせるか！　ロミオはおれらが守る！

カラス、ベンヴォーリオを蹴りあげる。
うめき声をあげるベンヴォーリオ。

ロミオ、立ちあがって、抗議の声をあげようとするのを、ローレンスが止める。
カラス、なおもベンヴォーリオを蹴りながら、

カラス　ふざけたことぬかすな！　殺人者、守るやと！　おのれらに、なにがでける！　口出すな、阿呆んだらぁ！

スズメ　やり過ぎです！　やめてください！　彼は容疑者じゃないです！　もうやめてください！　あれで、あれしてください！

カラス　じゃかまし！

ローレンスが割って、入る。

ローレンス　そこらへんにしとけ。

カラス　そこ、どけ！

ローレンス　わしの店の前で、これ以上の暴力沙汰は勘弁してもらおか。

カラス　（荒い息で　）おのれが、わしに指図か？　えらい時代になったもんやの。

ローレンス　帰れ！

カラス　忠告したはずや。いつでも豚箱に入れられんやぞ。

ローレンス　脅しは効かん。底はしれとるわ。

カラス　わしに逆らうのか？　大したもんや。拍手送ったろやないか。

ローレンス　そろそろ気づいたら、どないや。そないなやり方、もう通用せん。時代遅れや。時代錯誤や……

わからんのか？

カラス　笑わせんな。どんだけ時がたとうが、おのれの裏切りは消せるか……（ベンヴォーリオに）おい、よう聞け。こいつはな、今は漢方薬屋の親父におさまって、えらそうにしとるけど、戦争中は立派な協和会会員じゃ。おんなじ三国人から、やれ国防献金じゃ、やれ飛行機献金じゃ、ちゅうて、せっせと金むしりとって……炭鉱から逃げ出した三国人、制裁したこともあったわな。数えあげたら、きりない。

ローレンス　……。

カラス　ほんま、よう働いてくれた。感謝しとる。おまえは協和会の鑑や。

カラス、ローレンスの肩を叩く。

ローレンス、カラスを払って、

ローレンス　戦時中、たしかにわしは同胞を監視し、統制し、戦争協力の強要もした。時に暴力もふるうた……自分が生きのびることしか、頭になかった。生きて故郷帰るため、あんたに命令された、どないな卑劣な真似も厭わんかった。自分からすすんで、手汚した……その罪は、消せやせん。けど、その罰は、十分受けたはずや……戦争は終わった。けど、わしは故郷に帰ることはでけん。わしの額には、非国民の烙印が押されとる。故郷の家族は村八分になった。親父はわしを呪いながら、死んだ。おふくろは、村八分を苦に、自殺しよった。父親の葬儀にも、母親の葬儀にも出ることは、許されんかった。兄弟からは絶縁された。昔の仲間たちが、ここを訪れることもない……これ以上、なにを求めんや？　これでも、まだ罰が足りんか？

カラス　それも、これも、みんな、わしの責任か？　戦争、おっ始めたのも、戦争、負けたんも？　おのれが故郷に帰れんのも？　全部が全部、わしの責任か？

ローレンス　わしに残されたんは、独り、ここで朽ち果てることだけや。そっとしといてもらおうやないか。二度とここの敷居、またぐな。

カラス　……。

ローレンス　……。

カラス　（スズメに）手錠はずしてやれ。

スズメ、ベンヴォーリオの手錠をはずす。

カラス　えぇか、誰がどない、わしを悪う言おうが、わしは、わしの正義を貫くだけじゃ。ティボルトをロミオが殺した。どないな涙も祈りも、犯した罪をあがなえん。わしは犯罪者を、この国の法に背いたもんを逮捕して、監獄に送りこむ。親やろうが、兄弟やろうが、恋人やろうが、妻やろうがおかまいなしや……わしは、人殺しを許さん。人殺しを許すような情けは、殺人とおんなじこっちゃ。

ローレンス　……。

カラス　行くぞ。

カラスとスズメ、去っていく。

ローレンス　ちょっと張りこんどらんか、見てくる。あいつは、執念深い。よう知っとる。

ローレンス、追っていく。

ロミオ　だ、大丈夫か、べ、ベンヴォーリオ。

ロミオ、ベンヴォーリオを助け起こす。

ベンヴォーリオ　ロミオ、やっぱりロミオか。

ロミオとベンヴォーリオ、抱き合う。

ベンヴォーリオ　無事でよかった。

ロミオ　（頷いて）……。

ベンヴォーリオ　ゆんべから、ここに隠れとったんか？

ロミオ　（曖昧に頷いて）……。

ベンヴォーリオ　心配した……あれから、はぐれてしもたから、おまえが、もしかして、もしかしたら、自殺でもせんかって……。

ロミオ　い、生きとる。

ベンヴォーリオ、ロミオを強く抱きしめて、

ベンヴォーリオ　よかった……ほんま、よかった……。

ロミオ　く、苦しいて……。

ベンヴォーリオ　すまん、すまん。

ベンヴォーリオ、ロミオから離れる。

ロミオ　マ、マキューシオは？　マ、マキューシオは、ど、どないなった？

ベンヴォーリオ　遺体はサツんとこや。身内は誰もおらんからな、あのまんま、血まみれのまんまや……せめて、こびりついた血拭いて、服も着替えさせてやりたい。けど、それも許されん……いつになったら、弔うてやれんのか……。

ロミオ　……。

ベンヴォーリオ　ゆんべ、マキューシオ想うて、朝まで泣いとった。ずっと泣いとった……あんまり悲しうて、あんまり切のうて……ロミオ、おまえもやろ？　おまえのこっちゃ、マキューシオのために、バケツ一杯分ぐらい大泣きしたんやろ？

ロミオ　（暗い顔で）……。

ベンヴォーリオ　なんや……？　どないした……？　なんで、そないな顔すんや……？

ベンヴォーリオ、顔を背けようとするロミオを捕まえて、ぐっと引き寄せる。

ロミオ　……。
ベンヴォーリオ　……。
ロミオ　お、おれは……。
ベンヴォーリオ　……。
ロミオ　お、お、おれは、ゆ、ゆんべ、ジ、ジュリエットと……。
ベンヴォーリオ　言うな！
ロミオ　す、す、すまん……。
ベンヴォーリオ　やめ、謝んな！
ロミオ　……。
ベンヴォーリオ　まさか、そんな……あれから、おまえ、ジュリエットと……？　マキューシオが死んだ夜に……？　マキューシオが流した血も、おれの頬に流れた涙も、まだ乾いとらんのに……？
ロミオ　……。
ベンヴォーリオ　（　悲しみと怒りが湧いてくる　）なんでや、なんでや、ロミオ……？　なんで、そないなむごい、なんで、そないな冷たい真似ができる……？　おれら、おんなし天涯孤独で、おんなし身の上で……どないな時も、三人力合わせて……三人一緒で……寄り添うみたいに生きてきたんやなかったのか……。
ロミオ　……。
ベンヴォーリオ　そやのに、おまえ……マキューシオの死も、おれの涙も振り向きもせんで、蹴散らして……あれから、あの夜に……ジュリエットのもとに、一目散に駆けてったんか……？

ロミオ　わ、わかってくれ。お、おれにとって、ジ、ジュリエットはか、かけがえのない……。
ベンヴォーリオ　（さえぎって）言わんでも、わかる！　マキューシオの死より、ジュリエットに夢中やった！
マキューシオが死のうがどないしようが、知ったこっちゃない！　ジュリエットとやりとうて、
やりとうて、たまらんかった！　そういうこっちゃろ！
ロミオ　（涙ぐんで）ち、ちがう。そ、そやない、ベンヴォーリオ。
ベンヴォーリオ　おまえは、おれらを踏みにじった！　ないがしろにした！　裏切った！
ロミオ　お、おまえらのこと、忘れたわけやない。し、信じてくれ。
ベンヴォーリオ　おまえの言葉は、もうおれの胸に届かん。空しいだけや。
ロミオ　（涙ぐみながら）べ、ベンヴォーリオ。
ベンヴォーリオ　おまえの涙も、もう心溶かさん！　おれらの絆を、おまえが断ち切ったんや！
ロミオ　き、き、聞いてくれ、べ、べ、ベンヴォーリオ……。

ロミオ、ベンヴォーリオを捕まえて、弁明しようとする。
ベンヴォーリオ、ロミオを払って、

ベンヴォーリオ　触るな！　おれに触るな！
ロミオ　（泣き濡れて）……。

ローレンスが戻ってくる。

ローレンス　別れの涙にくれとる暇はない。

ロミオ　……。

ローレンス　誰もおらんようや。さっさと、ここを発て。これ以上の長居は危険や、ロミオ。

ロミオ　……。

ローレンス　（ベンヴォーリオに）悪いが、駅まで、送ってってくれ……（笑って）女の一人歩きは危険や。夜道で襲われるかもしれん。

ベンヴォーリオ　……。

ローレンス　（ロミオに）ほら、急がんと。

ローレンス、ロミオに切符を差し出す。

ローレンス　選択の余地はない。ジュリエットと再会したかったら、どないしたかて、生きのびんと。

ロミオ、切符を受け取る。
ロミオとローレンス、抱き合う。

ロミオ　（泣きながら）ど、どうぞ、お元気で。

ローレンス　泣くな、泣くな、ほんま、おまえは泣き虫やの。

ロミオ　……。

ローレンス　老いの身には、涙がよう沁みる……もう泣くな。しばしの別れや。すぐに会える。さ、早よう行け。きっとえぇ便り、寄こすから。

ベンヴォーリオ、トランクを持って、先に出ていく。
ロミオ、ローレンスに深々と頭を下げて、

ロミオ　……。

ローレンス　（うんうんと頷いて）……。

ロミオ、去っていく。
涙ながらに見送るローレンス……。

3

「カモメ埠頭」。

昼。

傷痍軍人が奏でるアコーディオンに合わせて、娼婦たちが歌いながら、洗濯を干している。

♪
恋人が「この淫売！」
と、あたしを罵る
愛よりパンがほしいだけ
野原よりベッドで寝たいだけ
あたしは笑う
「フニャチン！　満足させてから言いや！」
兵隊が「聖女さま！」

と、あたしを崇める
銃は袋に包むもの
弾丸は穴に詰めるもの
あたしは叫ぶ
「さっさとして！　後がつかえてんやから！」

紳士が「愛してる」
と、あたしにささやく
包み紙は立派でも
男なんて中身はいっしょ
あたしはぼやく
「もうえぇから！　乳でも揉んでちょうだい！」

娼婦たち、卑猥な笑い声をあげる。
バッグをさげたジュリエットが来る。
娼婦たちを横目でうかがって……。

ジュリエット　……。

診療鞄をぶらさげたローレンスが来る。

ローレンス　すまん、すまん。ちょっと寄らんとならんとこがあって、遅なった。

ジュリエット　お呼びたてして、すんません。

ローレンス　話は聞いた。ティボルトの借金を肩代わりせぇってか？

ジュリエット　木曜日までに返済でけんかったら、あたし……。

ジュリエット、娼婦たちを見る。

ローレンス　木曜ちゅうたら、明日やないか……無茶苦茶や。

ジュリエット　お願いします。助けてください。頼れるんは、先生だけなんです。

ローレンス　ソフィアは？　ソフィアは協力してくれんのか？

ジュリエット　……。

ローレンス　許してはくれんか……しかたない話や。

ジュリエット　この街で、あたし、たった独りになりました。誰も、あたし、助けてくれません。

ローレンス　わしに、おまえさんに貸せるほどの金はなし……どないしたらええのか……。

ジュリエット　手立ては？　なんか手立て、ありませんか？

ローレンス　（　逡巡して　）……。

ジュリエット　先生の長い経験なら、なんか知恵の一つや二つ……。

ローレンス　（鞄を見つめて）……。
ジュリエット　なんも思いつきません？　なんも出てきません？
ローレンス　綱渡りみたいなやり方や。いざ実行となると、命がけや。覚悟がいるぞ。
ジュリエット　どんなことでもやります。
ローレンス　下手したら、死ぬかもしれん。
ジュリエット　なんも怖いもんはありません。

ローレンス、鞄から大瓶を取り出す。
途中で、洗濯物の陰から、ベンヴォーリオが顔を出す。

ローレンス　明日、夜が明ける前に、これを……この毒薬を飲み干すんや。
ジュリエット　……。
ローレンス　わけあって、ずっと持ち歩いとる。
ジュリエット　そんなでかい瓶を……？
ローレンス　戦時中はよう使《つこ》うた。こいつは、飲んだら、たちまち眠気に誘われる。冷たい毒が血管駆けめぐり、脈は止まり、体温も呼吸ものうなる。手足は硬うこわばって、だんだん冷《つめ》となる。キャピレットの若頭が証文片手に訪れた時には、おまえさんはすっかり死んどる。
ジュリエット　……。
ローレンス　いやいや、ほんまに死んだわけやない、心配すな。一日半したら、まるで眠りから覚めたみたいに、心地ちよう目が覚める。元通りや。おまえさんが墓場に運ばれとる間に、わしはロミオに手紙書いて、ことの次第、知らせとく。ロミオ、呼び戻して、そんで、おまえさんが目覚めたら、大急ぎ、二人でヴェローナ離れぇ。どっか遠くに身ひそめるんや。

ジュリエット　完璧な計画です。

ローレンス　疑うのか？

ジュリエット　毒なんですよね、それ？

ローレンス　その薬の効き目が、ほんもんやったら……。

ジュリエット　（満足げに）……。

ローレンス　嫌なら、やめてもえぇぞ。

ジュリエット　……ほかに道はありません。先生、信じます。

ローレンス　……。

ジュリエット　その薬、ください。

ローレンス、大瓶をジュリエットに渡す。

ジュリエット　先生。

ローレンス　なんや。

ジュリエット　なにからなにまで……あたし、なんも返せんのに……。

ローレンス　二人が幸せになるのが、わしの幸せや。

ジュリエット　……。

ローレンス　早よう行け。キャピレットの連中に見られたら、まずい。

ジュリエット　ありがとうございます。

　　　　ジュリエット、頭を下げて、小走りで去る。

　　　　ベンヴォーリオがなに食わぬ顔で出てくる。

ローレンス　ベンヴォーリオ、ちょうどよかった。おまえに手紙、頼みたい。

ベンヴォーリオ　手紙？

ローレンス　ロミオに渡す手紙や。事情はこれから話す。ちょっと、わしんとこ、寄ってくれ。

ベンヴォーリオ　（　頷いて　）……。

　　　　ベンヴォーリオ、空を見上げて、

ベンヴォーリオ　……。

ローレンス　どないした……？

ベンヴォーリオ　黒うて、きらきらしたもんが……。

ローレンス　あれは……カーバイドの滓やな。路地裏に捨てられたやつが、風に舞《も》うとる。せっかく干したもんが、黒うなるし、臭《くそ》うなる。身体にも悪い。

ベンヴォーリオ　街の上に、雪みたいに降ってます。

娼婦たちが、慌てて洗濯物を片づけはじめる。

ローレンス　この街も、この国も、どんどん変わっていく。ほら、あそこ……埋め立てが始まった。また新しい工場ができけんやろ。

ベンヴォーリオ　……。

ローレンス　なんもかんも新しなって、古いもん、いらんもんは、忘れ去られ、捨て去られる……いつか戦争があったちゅうことも忘れ去られるんやろ、きっと……残るは、滓ばかり……しまいに、この街全部が真っ黒けや。

ベンヴォーリオ　おれは、滓で真っ黒になった世界を見てみたいです。

ローレンス　みんな、死んどるかもしれんぞ。息が詰まって。

ベンヴォーリオ　滓に、捨てたもんに、しっぺ返しされるの、見てみたいです。

ローレンス　……。

ベンヴォーリオ　……。

ローレンス　行こか。

ベンヴォーリオ　（鞄を　）持ちます。

ローレンス、行く。

ベンヴォーリオ、ローレンスの鞄を探って、毒薬が入った小瓶を取り出す。

ベンヴォーリオ　（小瓶を見つめて）……。

4

ティボルトの家・物干し台。

夜明け前。

ジュリエットが、物干し台で手を合わせ、祈っている。

ジュリエット　もうすぐ、また夜が明ける……どんな夜も、明けない朝はない。一昨日、ここからロミオを見送って、今朝は、あたしが死のうとしとる。運命の女神は、ほんま移り気や……けど、明日になったら、ロミオはあたしのもとに戻ってくる。きっと戻ってくる。

朝の光がさしてくる。

ジュリエット　ロミオ、あたしが目覚めた時には、かならず、そばにおってちょうだいね、お願い……ロミオ、あんたのために、あんたにもういっぺん会うために、あんたとまた愛し合うために、あたし、今から、死にます。

ジュリエット、ローレンスから受けとった大瓶を飲み干す。
ジュリエット、ゆっくりと倒れこんで……。

× × ×

同・前。

ロベルトとローレンスが来る。
ローレンス、ロベルトについて歩いていく。

ロベルト　こないな朝早ように、診察ですか？
ローレンス　腰いわしたっちゅうて、そら、もう大騒ぎですわ。けど、鍼一本打ったら、元通り……。
ロベルト　なんで、ついてくるんですか、先生？
ローレンス　もう一軒、これから……。
ロベルト　商売繁盛で、けっこうです。

ロベルト、ティボルトの家の前で、立ち止まる。

ローレンス、頭を下げて、いったんは通りすぎていく。
ロベルト、戸を叩く。

ロベルト　（ソフィアを呼んで）おい、おい！　おい！

ソフィアが顔を出す。

ソフィア　（暗い顔で）……。
ロベルト　約束の木曜や。
ソフィア　今、呼びます……（呼んで）ジュリエット！　ジュリエット！　……ジュリエット！
ロベルト　……。
ソフィア　見てきます。

ソフィア、中に入って、「ジュリエット！　ジュリエット！」と、呼びかける。

ロベルト　逃げたんやないやろな。
ソフィアの声　荷物はあります。

「ジュリエット、どこ、おるの？　……返事して、ジュリエット」と、ソフィアの声。

ロベルト　（いらいらしはじめて）おるのか、おらんのか、どっちじゃ！

　　ソフィアの大きな悲鳴が聞こえてくる。

ロベルト　なんや、なんや、どないした？

　　またソフィアの悲鳴。

　　ローレンスがタイミングよく戻ってくる。

ローレンス　（大仰に）な、なんやと!?　そら、大変や！　えらいこっちゃ！

　　ローレンス、慌てた素振りで、物干し台に向かう。

ロベルト　なにが？　なにが大変や？　どないなっとる？　わけわからん……。

　　ロベルト、ローレンスを追いかける。

×　　×　　×

同・物干し台。

ソフィアがジュリエットを抱いて、悲嘆にくれている。
ソフィア　ジュリエット……ジュリエット……。
ローレンスとロベルトが物干し台に上がってくる。
ジュリエットの脈をとって、
ローレンス　こら、あかん。脈が止まっとる。息もしとらん。
ソフィア　（大泣きして）ジュリエット！
ロベルト　おい、冗談はやめ！　こないだまで、ピンピンしとったやないか！
ローレンス　毒飲んだみたいや。
ロベルト　鍼は？　鍼打ったら、どないや！
ローレンス　完璧に死んどる。見事に死んどる。手の施しようがないぐらい、死んどる……あんた、警察に連絡してくれ。
ロベルト　極道が警察に通報でけるか。
ローレンス　カラスに連絡したらえぇやろ。
ロベルト　……。
ローレンス　さっさと行ってくれ！

ロベルト、渋々、行く。

ローレンス　（ソフィアに）泣いとらんで。早よう、葬儀の手配せんか。

ソフィア　葬儀⁉　もう葬儀の手配⁉

ローレンス　さっさと早よう！

ソフィア、しゃくりあげながら、下りていく。

ローレンス　（小声で呼んで）ベンヴォーリオ、ベンヴォーリオ……どこにおる、ベンヴォーリオ？

ベンヴォーリオ、屋根をつたって、物干し台のそばに来る。

ローレンス　急いで、ロミオにこの手紙を。

ローレンス、懐から手紙を取り出し、ベンヴォーリオに渡す。

ベンヴォーリオ　（複雑な思いで、手紙を見つめ）……。

ローレンス、ジュリエットを抱えおこして、

ローレンス　まだまだ本番はこれからやぞ、ジュリエット。そのまま、ちゃんと死んどってくれよ。

5

ポルノ映画館「桃色劇場」・前。

「大人の貝酔欲情」と、煽情的な謳い文句が看板に掲げられている。

看板の電気が消え、終映を告げるアナウンスが、館内から聞こえてくる。

夜。

遠雷が聞こえる。

鳥打帽を目深にかぶり、半被を着たロミオが、あたりを注意深く見まわしながら、出てくる。

遠雷。

ロミオ　（遠くを見つめて）……。

ロミオ、掃除を始める。

ベンヴォーリオが暗がりから、ぬっと出てくる。

ベンヴォーリオ　……。

ロミオ　（驚いて）び、び、び、びっくりしたぁ。

ロミオ　な、なんで、ここに？

ベンヴォーリオ　……。

ロミオ　た、訪ねてきてくれたんか？

ベンヴォーリオ　そやない。

ロミオ　ほ、ほなら、なんで、ここに？

ベンヴォーリオ　……。

ロミオ　て、手紙、持ってきてくれたんか？

ベンヴォーリオ　ちがう。

ロミオ　……。

ベンヴォーリオ　悪い報せや。

ロミオ　……。

ベンヴォーリオ　ジュリエットが死んだ。

ロミオ　う、う、嘘や！

ベンヴォーリオ　今朝、毒飲んだ。

ロミオ　う、う、う、嘘や！　嘘や！　嘘や！　……じょ、冗談やめてくれ。
ベンヴォーリオ　葬儀は、明日の夜。ティボルトとおんなじ墓場や。

ロミオ、鳥打帽と半被を脱ぎ捨てて、行こうとする。

ベンヴォーリオ　どこ行くんや？
ロミオ　か、帰る。い、今すぐ、ヴェ、ヴェローナに帰る。
ベンヴォーリオ　帰って、どないする？
ロミオ　ジ、ジュリエットに会う。
ベンヴォーリオ　ジュリエットは死んだ。
ロミオ　こ、この目で確かめる。
ベンヴォーリオ　信じたないのは、無理ない。けど、事実や。
ロミオ　わ、わからん！　ま、ま、まだわからん！　こ、こ、こ、この目で……。
ベンヴォーリオ　（強く否定して）死んだんや！
ロミオ　……。
ベンヴォーリオ　……。

ロミオ、笑いはじめる。

ロミオ　な、なんで、ジ、ジュリエットが……し、信じられん……そ、そんな阿呆な話あんのか……阿呆らして、阿呆らして……笑てまう……。

ベンヴォーリオ ……。

ロミオ、ベンヴォーリオの胸に顔を埋めて、

ロミオ ば、罰《ばち》なんか、これは罰なんか……？　マ、マキューシオが死んだこと、忘れて、テ、ティボルト殺したこと、忘れて、お、おまえのこと、忘れて、み、みんな、みんな捨てて……ジュリエットと生きること、夢見て、こ、ここで、う、うれしい便り、待っとった……は、恥知らずで、な、情け知らずで、ご、強欲な、お、おれに、ば、罰があたったんか？

ベンヴォーリオ ……。

ロミオ、自分の唇に、指をあてて、

ロミオ ま、まだ、こ、ここに、ジ、ジュリエットの唇の、か、感触が……や、やわらかい、あ、あの唇……お、おれに、か、からめた舌……お、おれの顔にかかった息……お、おれの耳元でささやいた声……（指を這わせ）ほ、細い、う、うなじ……の、喉……ち、ちっちゃいけど、か、形のえぇ、お、おっぱい……す、すべすべした腹……く、黒々した茂み……やわらこう、強よう、お、おれを包みこむ、し、茂みの奥……ふ、太腿、膝、ふくらはぎ、くるぶし、足の先まで……い、愛しい、愛しい、ジ、ジュリエットのすべて……お、おれの、あ、愛する、す、すべて……そ、それが、も、もう触れられんのか……のうなってしもたんか……ぜ、全部、全部、お、おれから、

ベンヴォーリオ　取り上げられたんか？
ロミオ　（切ない）……。

ロミオ、立ちあがって、行こうとする。

ベンヴォーリオ　どこ行くんや、おい！
ロミオ　ジ、ジュリエットが待っとる。い、行かんと……。
ベンヴォーリオ　ちょっと待て、ロミオ。

ベンヴォーリオ、ロミオを止めようとする。

ロミオ　は、離せ。い、行かんと。
ベンヴォーリオ　しっかりせぇ、ロミオ。
ロミオ　さ、さびしがっとる。こ、今夜は、そ、添い寝してやらんと。
ベンヴォーリオ　ロミオ！
ロミオ　は、離せ！
ベンヴォーリオ　行って、どないする⁉　捕まるか、キャピレットの連中に見つかったら、殺されっぞ。
ロミオ　そ、それでも、い、行かななならんのや！

揉み合うロミオとベンヴォーリオ。

ロミオ　そ、そんで……そ、そんで、も、もし……もし、ジュリエットが、ほんまに死んどったら……お、おれも死ぬ。

ベンヴォーリオ　……。

ロミオ　ジ、ジュリエットがこの世におらんなら、み、未練はない。お、おれには、もう、き、希望もない。あ、明日もない。

ベンヴォーリオ、ロミオを突き離す。
荒い息の二人。
ベンヴォーリオ、ポケットから毒の入った小瓶を取り出す。
遠雷が近づいてくる。

ベンヴォーリオ　毒薬や。

ロミオ　……。

ベンヴォーリオ　この一粒で、一人の命を奪うのに、十分や。

ロミオ　な、なんで、そ、そないなもん……？

ベンヴォーリオ　死ぬつもりやった。

ロミオ　……。

ベンヴォーリオ　けど、おまえが死にたいんやったら、おまえにやる。

ロミオ　（ベンヴォーリオの目の奥をのぞきこんで）……。

ベンヴォーリオ　……。

ロミオ、小瓶を受けとって、

ロミオ　こ、ここで、お別れや。

ベンヴォーリオ　（頷いて）……。

ロミオ　こ、こないな別れが来るとは、思わなんだ。そ、想像もせんかった。さ、三人、離れ離れや……。お、おれら三人、ガ、ガキの頃から、つるんどったな……わ、悪さも、ようけした。し、死にそうな目にも、な、何度もおうた……う、うれしいことも、た、楽しいことも、つ、つらいことも、三人一緒やった……。

ベンヴォーリオ　……。

ロミオ　お、おれが、と、友だちて呼べるんは、お、おまえとマキューシオだけや。

ベンヴォーリオ　……。

ロミオ　お、おれのこと、憎んどるか……？

ベンヴォーリオ　……。

ロミオ　お、おれのこと、許せんか……？

ベンヴォーリオ　心底、恨むことでけたら、どんだけ楽か……。

ロミオ　……。

ベンヴォーリオ　お、おれは、おまえのこと……。

ロミオ　い、言うな。わ、別れがつろなる。

ベンヴォーリオ　……。

ロミオとベンヴォーリオ、抱き合って、

ロミオ　さ、さよなら、べ、ベンヴォーリオ……。
ベンヴォーリオ　さよなら、ロミオ……。

ロミオ、去っていく。

ベンヴォーリオ　……。

ベンヴォーリオ、ポケットから手紙を取り出して、燃やす。

ベンヴォーリオ　（燃える手紙を見つめながら）ロミオ、おまえ、すんなり毒薬受け取って……そいつは、おれが、おまえ、殺すために用意したんやぞ。おれが自殺するためやない……ちょっとも疑わんのか？　それとも、みんな承知の上で、受け取ったんか……？　きっと、そやな……阿呆や……おまえ、ほんま阿呆や……今さら、マキューシオやおれに義理立てするつもりか、ど阿呆……ロミオ、おれは自殺なんかせん……マキューシオが死んでも、おまえが死んでも、おれは生き続ける。おまえら二人の冥福祈りながら、この国の片隅で、しぶとう生き抜く。生き抜いたる。生き抜いて、生き抜いて、生き抜いて、この国がどない変わっていくのか、この目で、見続けるんや。

めらめらと燃えあがる手紙……。
雷が大きく響いて……。

6

墓場。

夜。

墓掘りが二人、歌いながら、墓穴を掘っている。
その傍らに、白い布で覆われたジュリエット。

♪

咲いた花なら　いつか散り
積もった雪なら　いつか溶け
人の命も　おしまいじゃ
なんまいだ〜
なんまいだ〜

若い娘も　いつか婆《ばばぁ》
若い男も　いつか爺《じじい》
死んでしもたら　おんなじじゃ
なんまいだ〜
なんまいだ〜

ソフィアとローレンスが来る。

ソフィア　のんきなもん、歌なんか歌うて……。
ローレンス　墓穴ん中で……（　飲む真似をして　）やっとるな、あれは……。
ソフィア　あたし、急ぐよう言うてきます。
ローレンス　まだ明日の告別式まで時間がある。目くじら立てんでもえぇやろ。
ソフィア　早よう埋めてもろて、早よう供養してやりたいんです。ジュリエットが不憫で、不憫で……なんも自殺せんでも……（　涙ぐんで　）あたしが突き放したから、あの子……あの子にとって、あたしがたった一人の身寄りやったのに……そやのに……。
ローレンス　なんぼ後悔しても、なんぼ嘆いても、始まらん。自分をあんまり責めるもんやない。
ソフィア　マキューシオが死んで、ティボルトが死んで、ジュリエットが死んで……こないなこと、まだまだ続くんやろか？

ローレンス　これで、しまいや。みんな、丸うおさまるはずや。
ソフィア　……。

どーんと鈍い音がする。
慌てて、墓穴から飛び出してくる墓掘り二人。

ローレンス　なんや？　なんの音や？
墓掘り１　余震が続いとるんです。
墓掘り２　お〜、怖〜、金玉縮みあがった〜。
墓掘り１　今朝、大きな地震があって……ほら、あのあたり、まだ燃えてますわ。
ローレンス　あっちゃこっちゃ燃えとるな。
墓掘り１　総出で消火しとるみたいやけど、追いつかんらしいです。
ローレンス　……。
墓掘り２　こないなでかい地震は、初めてや。
ソフィア　十一年前にも、あったわよ。あたし、よう憶えてる。ジュリエットが転んで、ひよこの金玉ぐらいのタンコブでけて……。
ローレンス　不穏な夜や。滞りのういってくれたらえぇんやけど……そろそろ時間や。
ソフィア　……？
ローレンス　そろそろ休憩時間や……（墓掘りに）休んでくれ。酒も肴も用意してある。

墓掘り二人、行く。

ローレンス　ほら、あんたも。ちょっと休憩室で、横になったほうがえぇ……ここは、わしが見とるから。
ソフィア　あたしなら、大丈夫です。
ローレンス　わしが大丈夫やない。
ソフィア　……？
ローレンス　あんたの体が、心配で、心配で、大丈夫やない。夜もずいぶん更けた。休んだほうがえぇ。明日にも差し支える。
ソフィア　もう少し、ジュリエットのそばにいてやります。
ローレンス　いや、けどな……。
ソフィア　ここに、います。いてあげたいんです。

と、また涙ぐむ。

ローレンス　（あたりを注意深く見回して）……。

カラスが暗がりから、ぬっと顔を出す。

カラス　誰、探しとる？
ローレンス　……。

カラス　ロミオか？
ローレンス　しつっこいの、相変わらず。もう顔見たない、ちゅうたはずや。
カラス　これが仕事なもんでな。
ローレンス　（渋い顔で）……。
カラス　言うとくが、ジュリエットは、わしの可愛い姪っ子や。
ソフィア　ロベルトに脅されとる時、なんの手助けもしてくれんかったくせに……。
カラス　なんの相談も受けとらんからな。
ソフィア　……。
ローレンス　ロミオは、こんなとこ、のこのこあらわれたりせんぞ。そないな間抜けやないわ。
カラス　ロミオは、ジュリエットと夫婦の契りを結んだそうや。最愛の妻の葬儀に、顔出さんわけないやろ。
ローレンス　さっさと帰ってくれ。
カラス　わしがおったら、不都合なことでもあんのか？
ローレンス　墓場で手錠、ちらつかせる奴が好かんだけや。
カラス　夜はまだまだ長い。たっぷり姪のジュリエットを弔わせてもらう。
ローレンス　……。

銃声が聞こえる。
ぎょっとするローレンスたち……。

モンタギュー愚連隊たちが逃げてくる。
全員、血だらけで、泥だらけ。

ローレンス どないした？ そない血だらけで……。
モンタギュー1 キャピレットの連中が、おれらが井戸に毒投げた、家に火つけたっちゅうて……。
モンタギュー2 畜生、おれらモンタギュー、三国人、皆殺しにするつもりや！
モンタギュー3 （うめき声）
モンタギュー1 助けてください。このままやと、死んでしまいます。

銃声とわめき声。

モンタギュー2 やられるんやったら、やり返したる！

モンタギュー2、懐からナイフを取り出す。
ローレンス、押しとどめて、

ローレンス やめとけ。多勢に無勢や。ここは隠れたほうが、賢明や。
モンタギュー2 ……。
ローレンス こんなもん、なんの役にも立たん。よけい、逆撫でするだけや。

ローレンス、ナイフを取り上げ、放り投げる。

ローレンス　（ソフィアに）休憩室に連れてってやってくれ。

ソフィアの案内で、モンタギュー愚連隊たち、行く。

ローレンス　あんたも加担しとるのか？
カラス　ロミオ挙げるんで、精一杯や。そないな余裕あるか。
ローレンス　モンタギュー、根絶やしできる、絶好の機会や。
カラス　わしは関係ない。
ローレンス　……。

ロベルトとキャピレット愚連隊たちの騒がしい声が聞こえてくる。
片手に懐中電灯、片手に鎌や日本刀を手にしている。
押しとどめようとするスズメ。

ロベルト　おい、こっちにモンタギューの奴らが、逃げてきたやろ。

キャピレット愚連隊たち、「どこや、どこにおる？」「モンタギューの野郎、出せ！」と、口々に騒ぎ立てる。

ローレンス　（カラスを見る）……。
ロベルト　おい、カラス、突っ立っとらんと、返事せんかい！
カラス　ここには来とらん。
ロベルト　嘘つけ。こっちに来たはずや。
カラス　姿見んかった。
ロベルト　モンタギューの奴ら、すぐ頭に血がのぼりよる。なにしでかすかわからんぞ。捜せ！　草の根わけても捜せ！　逃がすな！

キャピレット愚連隊たち、墓穴を探りはじめる。
ジュリエットを覆った布をはがして、中をあらためようとする。

ローレンス　おい、やめ！　おのれら、死者を敬わんかい！

ローレンス、キャピレット愚連隊の一人に突っかかるが、押し倒される。
カラス、空に向かって、ピストルを撃つ。
驚いて、固まるロベルトとキャピレット愚連隊たち。

カラス　葬儀の最中や。親族関係者以外、ご遠慮願う。
ロベルト　おい、カラス、おまえ、どっちの味方じゃ。なんのために、おまえに高い授業料払うとる？

カラス　退去せんと、全員、豚箱行きや。
ロベルト　（カラスをにらみつけて）……。
　ソフィアが戻ってくる。
　ロベルトを見て、驚いて、踵を返す。
ソフィア　（モンタギュー愚連隊たちへ）逃げてー！
ロベルト　あの女、追え！
　ロベルトとキャピレット愚連隊たち、ソフィアを追いかける。
　怒声と悲鳴。
　銃声。
ローレンス　（カラスに）止めてくれ！　殺される！
　カラスとスズメ、走っていく。
　ローレンスも追っていく。

またどーんと鈍い音。
遠くで、銃声と怒号と悲鳴。
ロミオが来る。

ロミオ ヴェ、ヴェローナの街が燃えとる……ほ、炎で、よ、夜空が赤うに染まっとる……じ、銃声と、わ、わめき声と、さ、叫び声がひ、ひっきりなしや……ど、どないした？　ど、どないなっとる？　な、なんで、こないに騒がしい？

ロミオ、ジュリエットに気づいて、

ロミオ ……。

ロミオ、静かに歩み寄る。
布をはがして、

ロミオ （ジュリエットを見つめ）……。

ロミオ、すすり泣いて、

ロミオ　ま、待たせたな、ジ、ジュリエット……す、すまんな……や、約束どおり、む、迎えにきたで……さ、さびしかったやろ……す、すまんな……い、今すぐ、そばに行くから。も、もうちょっと待っててくれ……。

ロミオ、ジュリエットを抱きしめる。

ロミオ　だ、誰も、おれらのこと、い、祝《いお》うてくれんかったな。喜んでくれなんだな……ふ、二人が愛しあうだけで、だ、誰か、き、傷つけて、か、悲しませて、お、怒らせて、し、しまいに、け、喧嘩別れや……そ、そないなつもりやなかったのに……み、みんなに、い、祝われたかったのになぁ……な、なんで、こ、この世の中には、い、祝われん愛があるんや？　キ、キャピレットとモ、モンタギューやろが、か、金持ちと貧乏人やろが、く、国がちがおうが、じ、人種がちがおうが、お、男と男、女と女やろが……み、みんな、みんな、い、祝われなあかんやろ？　そ、そやろ？……ジ、ジュリエット、お、おれのジュリエット……だ、誰も、祝うてくれんから、この、お、おれが、祝うたる……。

ロミオ、ジュリエットを寝かせて、祝辞をのべはじめる。

ロミオ　ご、ご結婚、お、おめでとうございます！　こ、心から、お祝い申し上げます！　ちょ、ちょっと気強いけど、す、素敵なお嫁さんですね！　し、尻に敷かれそうですね！　け、けど、それも、し、幸せですね！　ど、どうぞ、ふ、二人で、す、末永く、い、いついつまでも、お幸せに！

お、おめでとう！　おめでとう！　おめでとう！　おめでとう！　……そ、それでは、新郎から新婦に、しゅ、祝福の、キ、キスを……。

ロミオ、ジュリエットに口づけする。

ロミオ　（嗚咽して）……。

ロミオ、小瓶を取り出し、飲み干す。
毒がロミオの体を駆け巡る。

ロミオ　（苦しみ、悶えながら）……す、好きやで。あ、愛しとる……ず、ずっとずっと愛しとる……し、死んでも、愛しとる……。

ロミオ、そのまま息絶える……。

またどーんと鈍い音。
遠くで、銃声と怒号と悲鳴。
ジュリエット、目を覚ます。

ジュリエット　なに？　なんの音……？　ここは、どこ……？　墓場……？　あたし、死んで、生き返ったんやね……よかった……ほんま、すっきり……誰……？　そこにおるのは、誰……？

ジュリエット、ロミオに気づいて、

ジュリエット　ロミオ？　ロミオなん……？　迎えに来てくれたんやね……待ちくたびれて、寝てしもた？　ロミオ、ロミオ……起きてちょうだい、ロミオ……ロミオ……。

ジュリエット、ロミオを揺り起こそうとして、息を呑む。
ロミオの頬に手をあてる。

ジュリエット　（冷たい感触が）……。

ジュリエット、ロミオの頬に自分の頬をあてる。

ジュリエット　（死んでいることを認めて）……。

ジュリエット、ロミオを揺すって、

ジュリエット　ロミオ、ロミオ……返事してちょうだい、ロミオ！　なんで、こないなことになっとるの？　ロミオ！　……なんで、あたし残して、独りで、逝ってしもたの、ロミオ！　ロミオ！　ロミオ！

小瓶を拾いあげて、

ジュリエット　あたしが死んだと思って……？

ジュリエット、小瓶を振る。

ジュリエット　みんな、飲んでしもうたの？　一粒も残さんと？　あたしの分、残しとけ、薄情もん！

ジュリエット、ローレンスが放り投げたナイフを拾いあげて、

ジュリエット　うれしい……ナイフがあった……これで、ロミオのもとに行ける……。

ジュリエット、ナイフをつかむと、自分の胸に突き立てる。

ジュリエット　痛……痛たたたた……。

ジュリエット、またナイフを、自分の胸に突き立てる。

ジュリエット　痛……やっぱり痛い……あかん、我慢でけん……痛うて、痛うて、辛抱たまらん……死んだりできん……（自分を叩いて）阿呆、阿呆、阿呆のあたし……まだ生きたいの……？　まだ未練あんの……？　あんたの愛するロミオは死んでしもたんよ……どないしたら……これから、どないしたらえぇの……？　「どこにでも希望はあるんやで。あんたが見つけられんだけ。希望は、あんたの隣におるんやで。いつかて、そばにおるんやで。そやから、希望棄てたら、あかんで」……けどな、お母ちゃん、あたしのそばで、あたしの希望が死んどるの……大事な、大事な、あたしの一番の希望が死んどるの……そないな場合、どないする……？　どないしたらえぇ……？　一番の希望がのうなったんやったら、二番目の希望を繰り上げたらえぇか……あたしの二番目の希望ってなんやった？　……そうそう、あんたと結ばれて、かわいい子ども、こさえること……けど、もう二番目はかなわんから、三番目、繰り上げんと……三番目はなんやった？　……三番目は……その子に孫がでけて、あたしらがおじいちゃんとおばあちゃんになること……それも、もうかなわんわね……四番目……四番目、繰り上げんと……四番目は……（嗚咽して）四番目も、五番目も……十番目も、百番目も、二百番目も、千番目も、みんなみんな、あんたとしたいことばっかり……ほなら、あたしの最後の希望はなに？　……なにが残されとる？　……あんたとね、いっしょにね、死ぬこと……。

ジュリエット、思いきりナイフを胸に突き立てる。
ジュリエット、ロミオに覆いかぶさって、息絶える……。

ローレンス、ソフィアが来る。

ソフィア　大勢でよって、たかって……気狂うたみたいに、袋叩きにして……いったい、どないなっとるの……？

ローレンス　地震に大火事で、誰も彼も疑心暗鬼になっとる。そこに、デマが火つけよった。地震も火事も、なんもかんもモンタギューの仕業やって、思いこんどる。

ソフィア　ジュリエットの葬儀どころの話やないわね。もう滅茶苦茶……。

ローレンス　こら、当分、おさまりそうにない……どいつもこいつも、頭に血がのぼっとる。

ローレンスとソフィア、ジュリエットとロミオの死体に気づいて、駆け寄る。
抱き合って、息絶えているロミオとジュリエットに、声を失う二人。

ローレンス　……。
ソフィア　……。

ローレンス、ジュリエットの身体をロミオから引き離す。

ローレンス　（ジュリエットの死を確認して）……。
ソフィア　（ひどく狼狽して）これ、なに、なに、これ!?　どないなっとるの、これ!?　なんで、なんで!?　なんで、なんで!?

ローレンス、ロミオの口に手をやって、死んでいることを確認する。

ローレンス　二人とも、死んどる……。
ソフィア　なんで、なんで、ロミオが、ここで死んどるの？　なんで、なんで？
ローレンス　手紙は？　手紙は読んどらんのか……？
ソフィア　なに、なに、手紙ってなに？
ローレンス　ジュリエットは死んだわけやないぞ。
ソフィア　死んだでしょ？　ジュリエット、死んだわよ。
ローレンス　いっぺん死んで、生き返って、また死んだんや。
ソフィア　魔法？　なんか、魔法、かけたの……？　呪術……？
ローレンス　わしが仕組んだこと、みんな無駄になってしもたんか……？
ソフィア　魔法が失敗……？　なに、なんやの、わけわからん……。

ローレンス、ロミオを抱きしめて、

ローレンス　ロミオ、この阿呆……年寄り置いて、先に逝ってしもたんか……殺生やないか……。
ソフィア　あのね、ぜんぜん、あたし、ぜんぜん、わからんのやけど、ぜんぜん……。
ローレンス　感傷にひたっとる暇はない。このままにしとくわけにいかん。

ローレンス、ジュリエットを布でくるむ。

ローレンス　手伝うてくれ。
ソフィア　あえ!?　なにを……どないするの……？　あたし、頭、破裂しそう……。
ローレンス　えぇから、早よう。奴らが来る前に。

ソフィア、わけのわからないまま手伝って、ジュリエットをくるんだ布を墓穴に引きずっていき、落としこむ。

ローレンス　ほら、こっちも。
ソフィア　ロミオも!?　嘘や～ん！
ローレンス　ぐだぐだ言わんと、早よう！

ローレンスに言われるがまま、ロミオも墓穴に引きずっていくソフィア。ジュリエットと同じく、墓穴に落としこむ。

ソフィア　どないしようちゅうの……？　墓穴に、二人、納めて……。
ローレンス　このまんま、埋葬する。検死やなんやで、引き裂かれるより、せめて、あの世で添い遂げさせる。
ソフィア　ちょっと待って……それは、なんぼなんでも、やり過ぎ。もし、見つかったら、大変やわ。
ローレンス　黙っとったら、問題ない。
ソフィア　問題あります、大問題。あたしら、犯罪者の仲間入りになる。

ロベルトを先頭に、武器を取りあげられたキャピレット愚連隊たちが来る。その後ろから、銃をつきつけたカラスとスズメ。
慌てて、墓穴に隠れるローレンスとソフィア。

ロベルト　こないな真似して、ただですむと思うなよ。
カラス　今回はあれがあれやから、あれにしよ……。
スズメ　あれですか。
カラス　あれや。
スズメ　あれですね。
カラス　わかっとるのか？
スズメ　公務執行妨害、ならびに、殺人未遂、傷害、暴行、凶器準備集合罪として、逮捕、拘束する。
カラス　わかっとるやないか……（ロベルトに）文句があるんやったら、騒乱罪ならびに多衆不解散罪もおまけするぞ。
ロベルト　……。
カラス　おい、なに、やっとる？

ローレンスとソフィア、墓穴から顔を出している。

ローレンス　なんも……。

カラス　なんで、そんなとこで座っとる？
ソフィア　砂風呂をもろとるんです。
カラス　どけ！
ソフィア　ちょっと、なにすんの……やめて！

カラス、ローレンスとソフィアを無理やり、墓穴からどける。
墓穴をのぞきこんで、

カラス　ロミオか、これは……？

驚くロベルトたち。

ローレンス　逮捕できんぞ。もう死んどる。
ソフィア　関係ないから。あたし、ぜんぜん関係ないから。
カラス　なんでや？　なんで、死んだ？
ソフィア　あたしが知りたいわよ。わからんの、さっぱり……なにがなんやら……。
カラス　あんた、わかっとるんやろ。
ローレンス　……。
カラス　ことと次第によったら、あんたも連行する。
ローレンス　ロミオもジュリエットも、キャピレットとモンタギューの抗争の犠牲になったんや。おまえらが、

ロベルト　二人を死に追いやったんや。
ローレンス　阿呆ぬかせ。勝手に死にさらしたもんに、責任あるか。ふざけんな！
死んだもんは、帰ってはこん……キャピレットとモンタギュー、手取り合《お》うて、ロミオとジュリエットの死のはなむけにしたら、どないや？
ロベルト　（キャピレット愚連隊たちに）おいおい、モンタギューと仲良うやれやと……笑かしよるわ。

キャピレット愚連隊たち、不満の声をあげる。

ロベルト　わしのこの腕は、モンタギューにやられた！　モンタギューに腕をもぎとられた！
ローレンス　おい、デマはやめんか、デマは！
カラス　そんな話、聞いとらんぞ！
ロベルト　みんな、モンタギューの仕業や！　街に火つけたんは、誰や⁉　井戸に毒投げたんは、誰や⁉
火事場泥棒に入ったんは、誰や！　爆弾、ピストル、持っとるぞ！　暴動、起こすつもりや！

キャピレット愚連隊たち、「モンタギュー！　モンタギュー、殺せ！」と、怒号をあげる。

ローレンス　デマやデマ！　みんな、デマや！　もうやめ！　踊らされんな！　ロミオとジュリエットの死を教訓にせぇ！　いがみおうても、なんもならん！　彼らの死を無駄にすんな！

「モンタギュー！　モンタギュー、殺せ！」の怒号に、ローレンスの声がかき消される。

逃げ出していたモンタギュー愚連隊たちが、キャピレット愚連隊たちに、雄たけびをあげて、向かってくる。
揉み合うモンタギュー愚連隊たちと、キャピレット愚連隊たち。
やがて、壮絶な殺し合いになる。

ローレンス やめ！ 暴力はやめ！
ロベルト こいつも、モンタギューや！

キャピレット愚連隊たち、ローレンスに襲いかかる。

ソフィア やめて！ 墓場なんよ！ ここは、墓場！ 静かに！ 静かに！
スズメ 落ち着いてください！ みなさん、落ち着いてください！
カラス やめ！

ソフィア、争いに巻きこまれる。
カラス、空に向かって、ピストルを撃ち鳴らすが、いっこうに騒ぎがおさまる気配はない。

カラス 全員、豚箱行きや！
ロベルト じゃかまし！ この犬が！ 裏切りもんが！

カラスとスズメにも襲いかかるキャピレット愚連隊たち。

遠くから戦争音が近づいてきて、次第に大きくなる。


争いの最中、真っ白なタキシードを着たロミオと、真っ白なウェディングドレス姿のジュリエットが、静かに歩いてくる。

二人、手に手を取って、バージンロードを歩くがごとく、にこやかに歩いてくる。

その後ろを、ティボルトとマキューシオが祝福しながら、ついてくる。


争いは終わることなく、死傷者たちのうめき声と嘆きの声があふれてくる。

ロミオとジュリエットの上に、黒いカーバイド粉が、祝福するかのように降りかかる。

ウェディングドレスとタキシードが黒く染まって……。

祝福するティボルトとマキューシオも黒く染まって……。

争う人々の上も黒く染まって……。

なにもかもが真っ黒に染めあげられて……。

ベンヴォーリオ、遠くですべてを見つめて……。

戦争音、大きく響いて……。


ロミオとジュリエット、見つめ合い、微笑みあい、口づけして……ゆっくりと暗転。

溶暗の中、戦争音はますます大きくなり……。

（幕）

引用ならびに参考文献

大場建治編注訳『ロミオとジュリエット 対訳・注解 研究社シェイクスピア選集5』研究社
松岡和子訳『ロミオとジュリエット シェイクスピア全集2』ちくま文庫
小田島雄志訳『ロミオとジュリエット シェイクスピア全集10』白水Uブックス
坂本佑介『ロミオとジュリエット・悲劇の本質 魂を失った者への裁き』花乱社
金賛汀『在日コリアン百年史』三五館
黄民基『完全版 猪飼野少年愚連隊 奴らが哭くまえに』講談社+α文庫
吉田裕『日本軍兵士―アジア・太平洋戦争の現実』中公新書
加藤直樹『九月、東京の路上で 1923年関東大震災ジェノサイドの残響』ころから

泣くロミオと怒るジュリエット

[公演記録]

Bunkamura **シアターコクーン** の舞台美術

田舎から出てきたジュリエットがこの街に降り立ち、物語が始まる。　撮影：細野晋司

ラストシーン。ロミオとジュリエットは、はじめて祝福されるが……。　撮影・提供：C-COM

シアターコクーン・オンレパートリー2020

泣くロミオと怒るジュリエット

[東京] 2020年2月8日(土)～3月4日(水) Bunkamura シアターコクーン
[大阪] 2020年3月8日(日)～3月15日(日) 森ノ宮ピロティホール
※新型コロナウィルス感染拡大を防ぐため、2月28日(金)以降の全日程を中止しました。

キャスト

ロミオ　**桐山照史**
ジュリエット　**柄本時生**
ベンヴォーリオ　**橋本 淳**
マキューシオ／墓掘り2　**元木聖也**
ティボルト／墓掘り1　**高橋 努**
ロベルト／傷痍軍人　**岡田義徳**
カラス(警部補)　**福田転球**
スズメ(巡査)／傷痍軍人　**みのすけ**
傷痍軍人　**朴 勝哲**
ソフィア　**八嶋智人**
ローレンス　**段田安則**

キャピレット愚連隊／客／娼婦／ほか
水谷 悟
西村 聡
鈴木幸二
ワタナベケイスケ
白石惇也

モンタギュー愚連隊／娼婦／ほか
岩男海史
砂原一輝
ふじおあつや
平岡 亮
宗綱 弟

スタッフ

作・演出：**鄭 義信**
美術：**池田ともゆき**／照明：**増田隆芳**／音楽：**久米大作**／音響：**藤田赤目**
衣裳：**半田悦子**／ヘアメイク：**宮内宏明**／擬闘：**栗原直樹**／振付：**広崎うらん**
歌唱指導：**大塚 茜**／演出助手：**松倉良子**／舞台監督：**榎 太郎, 大刀佑介**
美術助手：**岩本三玲**／ヘアメイク助手：**佐藤慎一**
音楽制作：**真崎富美子**／方言指導：**山本 篤**
舞台監督助手：**元木裕美子, 高原 聡, 日置達也, 北村太一, 満安孝一, 宮腰 慧, 福田真理男, 金成文弘**
照明操作：**大竹真由美, 平野景子, 田中弘子, 田中里歩, 永井笑莉子**
音響操作：**鏑木知宏, 常田千晴, 釜田純子, 山口紫恩**
衣裳部：**山本有子, 山中麻耶**／ヘアメイク進行：**谷口小央里**
大道具：**C-COM 舞台装置**／小道具：**藤波小道具**
特殊効果：**インパクト, イルミカ東京**
衣裳製作：**東京衣裳**
制作助手：**今市奈都子, 新居朋子**

宣伝美術：**榎本太郎**
宣伝写真：**森﨑恵美子**
宣伝スタイリスト：**森 保夫**
宣伝ヘアメイク：**岩下倫之, 西岡達也**

Bunkamura

エグゼクティブ・プロデューサー：**加藤真規**
チーフ・プロデューサー：**森田智子**
プロデューサー：**松井珠美**
制作助手：**佐藤瑶子**／票券：**越林 恵**
劇場舞台技術：**野中昭二, 濱邉心大朗, 仙浪昌弥, 渡邊佳紀**

東京公演主催：**Bunkamura**
大阪公演主催：**サンライズプロモーション大阪**

あとがきにかえて

鄭義信

本書が書店に置かれる頃には、新型コロナウイルスの感染拡大は終息しているのだろうか。このあとがきを書いている五月五日時点で日本での感染者数は一万五千人を超え、緊急事態宣言が一か月延びた。

公演記録にも記されているように、『泣くロミオと怒るジュリエット』の東京公演は、残り六日で千秋楽を迎えるはずだった。しかし、新型コロナウイルスの感染拡大防止のため、休演中に中止が決定した。休演明けに突然に告げられた中止に、俳優、スタッフは動揺を隠せなかった。僕自身もどうしようもない悔しさと悲しみと切なさとやるせなさと……ごちゃまぜの気分だった。それまで、あちこちから公演中止の報告を受けていたけれど、残り六日、なんとか完走できると信じていたのだ。

誰を責めることもできず、悶々としたまま、それでも、僕たちは大阪公演に望みをつなげることで、自分たちを納得させた。しかし、来場した観客全員の体温を測る、マスクはかならず着用、扉は開放したままにする、客席通路を俳優が通りすぎるという演出をやめる……等々、感染予防のために、ありとあらゆる手はずを整えたけれども、あえなく大阪の全公演は中止となってしまった。

このような緊急事態であるから、「不要、不急」の演劇は中止になって当然だというのが、大方の意見だろう。けれど、『泣くロミオと怒るジュリエット』は昨年十二月から約二か月の稽古を重ね、ようやく幕を上げたのだ。初日を迎えた後も、毎日のようにダンスと歌の稽古は欠かさなかった。スタッフたちも、テクニカルチェックの手を緩めることはなかった。その公演にかける俳優たちとスタッフたちの熱意と努力を、僕は「不要、不急」とは呼びたくない。

演劇、映画だけではなく、すべての芸術は、僕たちの生活に必要なものだ！　と、僕は声を大にして叫びたい。事実、大学を中退した後、無為な日々を送っていた僕に、光を与えてくれたのは映画であり、演劇であった。

その時、僕は二十歳だった。自分の人生をもてあまし、これから先の希望を見出せないまま、ただただ逃げるようにして、大学を中退した。そして、京都の中央卸売市場でバイトを始めた。朝五時に起床して市場に向かい、得意先への配達。配達が終わった後も、日が暮れるまで、冷凍工場に納める人参のみじん切りをやらされた。日給だから、いくらこき使っても平気だと思っていたのだろう。へとへとになってアパートに戻ると、倒れるように布団に横になって、朝まで死んだように眠った。大学の友人とも一切会わず、ただがむしゃらに働いた。この先、どうなるのか、なにも考えなかった、考えたくなかった。どうなってもいいと思っていた。

そんな中、僕の唯一の楽しみは映画だった。半ドンの土曜日に、梅田に出て「大毎地下劇場」で二本立てを観て、京都に戻る。「京一会館」でオールナイト五本立てを観て、また梅田に戻る。「ニューＯＳ劇場」で二本立てを観て、また京都にとって返す。そして、「祇園会館」で三本立てを観る。僕の土曜日から日曜日は、かくして過ぎていった。

なぜあの頃、あんなにも必死になって、狂ったように映画館に通ったのだろう。劇場の闇に触れると、なぜあんなにもほっとできたんだろう。なぜあんなにも温かい気持ちになれたんだろう。それはきっと、闇の向こうに広がる映画が、僕と世界を結ぶたった一つの扉だったからだ。僕がおずおずと差し伸べた手を、温かく握りかえしてくれる唯一の理解者だったからだ。映画は僕にとって、友人であり、恋人であり、教師であった。

そして、僕にとって演劇は、チェサ（祭祀）に似たものかもしれない。チェサとは先祖を祀る韓国独特の儀式である。先祖の霊を家に呼び寄せ、ご馳走を並べ、もてなすのだ。

子どもの頃、ジョン（肉や魚、野菜に小麦粉をつけて、油で焼いたもの）を焼く香ばしい匂いが家中に漂うと、今日はチェサなのだと知る。テーブルの上には、ジョンの他にも、尾頭付きの鯛や、ナムル（和えもの）、キムチ、果物、餅……等々が、次々とのせられていく。けれど、チェサが終わるまで、箸をつけてはならない。

深夜十二時、玄関の戸を開ける。先祖の霊が家の中に入ってこられるよう。それから、先祖の霊に食事を勧める。あたかもそこに人がいるかのごとく、何度も箸を置きかえ、何度も酒をつぐ。そして、その度、三度額ずく。先祖の霊が天に帰ると、ようやくご馳走にありつくことができた。

僕はチェサのように芝居をつくりたいと思っている。僕ができるありったけのご馳走を並べ、観客たちをもてなしたいと思っている。そして、観客たちとひと夜、おなじ夢を見て、ひと夜、夢の中で、手を取り合えればと思っている。たとえひと夜でも、僕たちは一人じゃない、僕たちは孤独なんかじゃない、世界はつながってるんだと、信じることができればいいと思っている。

この世界から映画が、演劇が、すべての芸術が失われるとしたら、僕たちの生活はどれほど無味乾燥なものになるだろう。生きることの喜びを、誰が教えてくれるのだろう。愛することの意味と、希望の大切さと、ささやかな勇気の奮い方と……それらすべてを、誰が教えてくれるだろう。

僕はもう一度、声を大にして言いたい。すべての芸術は必要なんだ！

公演中止となった後、同じく演劇に携わる人たちから温かいメールが僕の元に何通も届いた。公演の中止は演劇人にとって、死活問題である。ほとんどの演劇人たちは月給をもらっているわけではない。公演ごとのギャランティーで生活している。自分たちの生活が厳しい状況でありながらも、わがことのように心配してくれる同業者たちの心根に、僕はひどく打たれた。強い連帯を感じた。新型コロナウイルスの影は、演劇、映画、芸術だけでなく、僕たちの日常生活を脅かし、僕たちの心をも蝕もうとしている。それでも、それに立ち向かっていこうとする強い心と、僕たちは一人じゃないということを、今回、あらためて教えられた気がする。

リトルモアの社長であり、旧友である孫家邦氏から、

「おい、チョン、中止になって、悔しいやろ。残念やろ。出版せんか。出版して、再演の契機にしたらどないや」

と、話をもちかけられた時、僕はすぐさま飛びついた。

『泣くロミオと怒るジュリエット』が出版され、再演される運びとなったら、それは大いなるモデルケースとなる。中止となったあまたの公演の、ひとつの指針にもなると思った。

「できるだけ、すみやかに出版しようや……えぇな」

僕は大いに頷いた。

緊急出版されることで、新型コロナウイルスの影響によって、どれほど演劇界、映画界、芸術界が被害をこうむっているかの警鐘ともなるのではないだろうか。二月二十六日に呼びかけられたスポーツ・文化イベントの自粛要請による、公演の中止、あるいは規模縮小にともなう被害への国の補償、支援は今のところ、まったくない。それに対抗するため、署名活動やいくつかのファンドが起ちあがった。この『泣くロミオと怒るジュリエット』の緊急出版が、その一助となればと思っている。

一刻も早く新型コロナウイルスの感染拡大が終息すること、自粛要請による損害に対して国がすみやかに補償、支援してくれること、演劇、映画、芸術がもとのように光を取り戻すこと、そして、『泣くロミオと怒るジュリエット』が再演され、観客の皆様とふたたびお会いできることを、強く願っている。強く祈っている。


最後になりましたが、この戯曲を出版するために骨を折ってくれたリトルモアの孫家邦氏、同じく編集者の加藤基氏、絵を描いてくださった阿部海太氏、『泣くロミオと怒るジュリエット』の上演に関わったすべてのスタッフの方たち、出演してくれたすべての俳優たち、公演に足を運んでくださった皆様、チケットを買ってくださったのに観ることのできなかった皆様、メールや手紙で励ましてくれた皆様……そして、映画と演劇と、すべての芸術に感謝の言葉を贈ります。

「ありがとう！　また笑顔で会おうね！」

鄭義信　チョン・ウィシン

1957年7月11日生まれ兵庫県姫路市出身。1993年に『ザ・寺山』で第38回岸田國士戯曲賞を受賞。その一方、映画に進出して、同年、『月はどっちに出ている』の脚本で、毎日映画コンクール脚本賞、キネマ旬報脚本賞などを受賞。98年には、『愛を乞うひと』でキネマ旬報脚本賞、日本アカデミー賞最優秀脚本賞、第1回菊島隆三賞、アジア太平洋映画祭最優秀脚本賞など数々の賞を受賞した。2008年には『焼肉ドラゴン』で第8回朝日舞台芸術賞グランプリ、第12回鶴屋南北戯曲賞、第16回読売演劇大賞 大賞・最優秀作品賞、第59回芸術選奨文部科学大臣賞、第43回紀伊國屋演劇賞個人賞、韓国演劇評論家協会の選ぶ2008年今年の演劇ベスト3、韓国演劇協会が選ぶ今年の演劇ベスト7など数々の演劇賞を総なめにした。2014年春の紫綬褒章受章。近年の主な作品に『エダニク』(19・演出)、『密やかな結晶』(18・脚本・演出)、『すべての四月のために』(17・作・演出)、『パーマ屋スミレ』(16・作・演出)、『GS近松商店』(15・06・作・演出)、『僕に炎の戦車を』(12・作・演出)などがある。18年公開の映画版『焼肉ドラゴン』では長編映画で初めての監督も務めた(第28回日本映画批評家大賞作品賞受賞)。著書に『焼肉ドラゴン』(角川文庫)、『鄭義信戯曲集 たとえば野に咲く花のように/焼肉ドラゴン/パーマ屋スミレ』(リトルモア)などがある。

[リトルモア 演劇の本]

鄭 義信
『鄭義信戯曲集 たとえば野に咲く花のように／焼肉ドラゴン／パーマ屋スミレ』

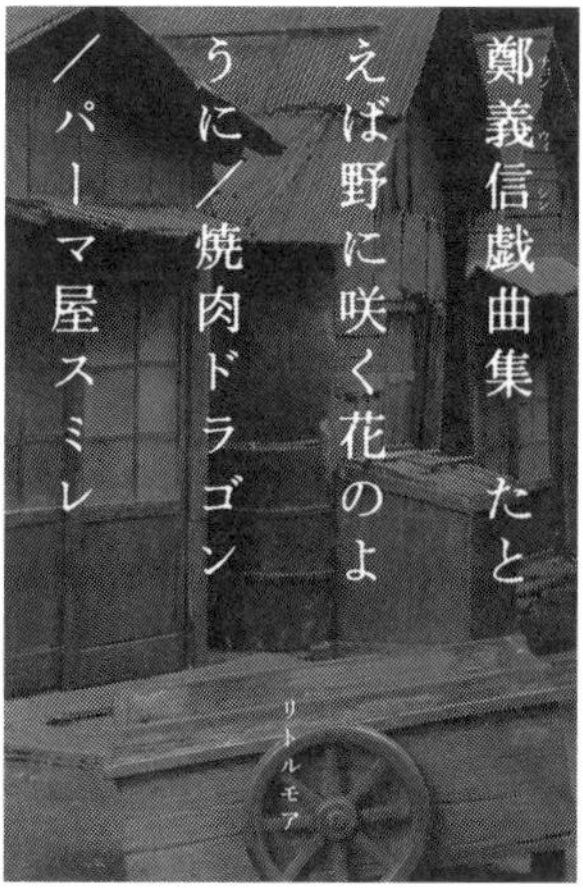

[定価:本体価格 2,500円+税　四六判・496ページ・並製]

朝日舞台芸術賞グランプリ、鶴屋南北戯曲賞、読売演劇大賞 大賞・最優秀作品賞、芸術選奨文部科学大臣賞、紀伊國屋演劇賞個人賞、韓国演劇評論家協会の選ぶ2008年今年の演劇ベスト3、韓国演劇協会が選ぶ今年の演劇ベスト7など数々の演劇賞を総なめし、のちに著者自身により映画化もされた傑作『焼肉ドラゴン』を含む、通称〈在日三部作〉を一挙収録。激動の昭和を、もがきながら、それでも笑みを忘れずに歩んだ人々による、三つの物語には、在日コリアンである著者自らの原風景が色濃く滲む。

岩松 了『空ばかり見ていた』

[定価:本体価格 1,700円+税　四六判・208ページ・並製]

舞台は内戦下の反政府軍のアジト。閉ざされた空間で、小さな集団が信頼や情愛や恐怖や猜疑心に翻弄されながら生死のあわいを漂ってゆく。あらゆる不確かさのなかで、人間はどこへ向かうのか ── 。

坂元裕二『往復書簡　初恋と不倫』

[定価:本体価格 1,600円+税　四六判・192ページ・上製]

手紙とメールの文のみで展開する二つの男女の物語。息をのむストーリー展開と胸を締め付ける言葉の数々。〈台詞の魔術師〉坂元裕二がおくる、「不帰の初恋、海老名SA」「カラシニコフ不倫海峡」── 二篇の忘れえぬ恋愛模様。

坂元裕二『またここか』

[定価:本体価格 1,600円+税　四六判・188ページ・上製]

父はなぜ死んだのか ──。東京サマーランド近くのガソリンスタンドを舞台に、男女四人が繰り広げる会話劇。ドロリとした状況と、反比例する小刻みな笑いの波に包まれた、滑稽な愛の物語。

松本雄吉『維新派・松本雄吉　1946〜1970〜2016』

[定価:本体価格 4,600円+税　B5判変型・320ページ・並製]

壮大な野外劇で知られる「維新派」を率い、世界の演劇シーンを震撼させた松本雄吉。生前に著した戯曲、エッセイ、劇場スケッチ、演出ノート …… 大ボリュームでおくる、演劇ファン必携の完全保存版。

本書は、2020年2月8日(土)〜3月4日(水)にBunkamura　シアターコクーンで、3月8日(日)〜15日(日)に森ノ宮ピロティホールで公演を予定されていた『泣くロミオと怒るジュリエット』の脚本を、実際の上演に合わせて一部改変したものです。

再演される運びとなりましたら、また改変されると思われます。本書との違いを、劇場で確かめていただければ幸いです。

著者

泣くロミオと怒るジュリエット

2020年6月21日 初版第1刷発行
2020年6月27日　　第2刷発行

著者　鄭義信
ブックデザイン　宮川隆
絵　阿部海太

協力　Bunkamura

発行者　孫 家邦
発行所　株式会社リトルモア
〒151-0051
東京都渋谷区千駄ヶ谷3-56-6
Tel. 03-3401-1042
Fax. 03-3401-1052
www.littlemore.co.jp

印刷・製本所　中央精版印刷株式会社

ISBN978-4-89815-524-0 C0074